人事

李延青　著

河北出版传媒集团

花山文艺出版社

图书在版编目（CIP）数据

人事 / 李延青著. —石家庄：花山文艺出版社，
2017.6
ISBN 978-7-5511-3314-2

Ⅰ.①人… Ⅱ.①李… Ⅲ.①短篇小说－小说
集－中国－当代 Ⅳ.①I247.7

中国版本图书馆CIP数据核字(2017)第070159号

书　　名：人事

著　　者：李延青

责任编辑：尹志秀
责任校对：李　伟
书籍装帧：高彦军
插　　图：林新宇
美术编辑：胡彤亮
出版发行：花山文艺出版社（邮政编码：050061）
　　　　　（河北省石家庄市友谊北大街330号）
销售热线：0311-88643221/29/31/32/26
传　　真：0311-88643225
印　　刷：石家庄市雅新印刷有限公司
经　　销：新华书店
开　　本：880×1230　1/32
印　　张：8.75
字　　数：200千字
版　　次：2017年7月第1版
　　　　　2017年7月第1次印刷
书　　号：ISBN 978-7-5511-3314-2
定　　价：25.00元

打理那些远逝的"乡愁"（代序）

王春林

谈论李延青这一系列乡村短篇小说的一个基本前提，毫无疑问是所谓现代化冲击下城市文明的崛起与乡村文明的衰颓与溃败。关于这个命题，早有敏感的批评家给出过相应的论述："考察当下的文学创作，作家关注的对象或焦点，正在从乡村逐渐向都市转移。这个结构性的变化不仅仅是文学创作空间的挪移，也并非是作家对乡村人口向城市转移追踪性的文学'报道'。这一趋向出现的主要原因，是中国的现代性——乡村文明的溃败和新文明的迅速崛起带来的必然结果。"①毋庸置疑，孟繁华这里所谓迅速崛起中的新文明，正是迅猛发展着的城市文明。伴随着城市文明日益加速的发展，已经有越来越多的作家把自己的关注视野转向了现代化的大城市，这一点，在那些年轻作家中表现尤甚。之所以会是如此，一个关键原因在于，越是年轻的作家，便越是缺乏真切的乡村生存经验。正所谓巧妇难为无米之炊，既然严重缺乏乡村生存经验，你又

---

① 孟繁华《乡村文明的变异与"50后"的境遇》，载《文艺研究》2012年第6期。

怎么可以指望他写出优秀的乡村小说来呢？一个必须正视的严峻现实是，伴随着城市化的进程，那些拥有真切乡村记忆的作家将会变得如同大熊猫一样地日益稀少。虽然从社会学的意义上说，曾经拥有数千年历史的乡村文明，在未来的某一天或许真的会面临彻底消亡的危险，但我们却很难想象，有朝一日，在中国这块乡村文明曾经异常发达的古老土地上，居然也会出现乡村记忆的断档。其实，不要说遥远的未来，即使在当下这个城市化迅猛发展着的时代，那些真切的乡村记忆也已经变得越来越稀罕越来越奢侈了。也正是在这个意义上，我认为，如同李延青这样真切异常的乡村记忆，其实是弥足珍贵的。

单就个人的履历来看，李延青在相当长的时间内，都或者是为他人作嫁衣裳的文学编辑，或者承担着文学界的组织工作，但就我所读到的这一系列乡村短篇小说来说，李延青其实也还是一位优秀的作家，一位在短篇小说这一文体上颇有心得体会的优秀作家。或许与当下时代是一个长篇小说的时代有关，我发现，即使是短篇小说，也有越写越长的趋势。翻检文学期刊，动辄就是两万字的短篇小说，已属司空见惯。而李延青的这一系列短篇小说，却非常严格地恪守着短篇小说的文体规范。除了《看电视》《匠人》《发小们的病》三篇的字数超过了一万字之外，其他的字数都被作家严格地

控制在了万字以内，个别篇什甚至只有三四千字；真正做到了有话则短，无话则更短，把更多的思想内涵以空白的形式留给读者去咀嚼填充。别的且不说，但只就对于短篇小说文本篇幅的操控能力而言，李延青也堪称短篇小说的高手。

虽然加起来一共11个短篇小说〔其中《旧事二题》《母亲的不安（二则）》与《人事（九则）》多少带有一点儿小小说或者微型小说集锦的意味，前两个分别由两则短篇构成而成，后一个则由九则短篇构成而成〕，但这些乡村小说先后的时间跨度却很大，从20世纪的抗日战争，一直延续到了所谓市场经济的当今时代，差不多有七八十年之长。作家之所以把这些作品放置在一起，从而构成一个乡村短篇小说系列，一个非常重要的原因在于，这些不同时代的乡村故事的发生地，都是叙述者"我"〔11篇小说中，《母亲的不安》《看电视》《人事（九则）》《发小们的病》四篇采用了第一人称"我"的叙述方式，另外七篇虽然采用了第三人称的叙述方式，但细细辨来，故事的发生地与前四篇大致相同〕的故乡鲤鱼川一带。不仅如此，其中的一些篇什，相互之间也还存在着人物彼此交叉的所谓"互文"关系。比如，银子这一乡村女性，就同时出现在了《饮食男女》《胶皮大车》《旧事二题》这三个短篇小说中。再比如，《发小们的病》这个短篇小说中，曾经先后提及的金权上吊与那场车祸，就分别发生在另外两个短篇小说《钟声》和《车祸》中。通过以上地理与人物关系的处理方式，李延青就非常巧妙地把这些作品有效地编织在一起，组成了一组彼此关联的乡村系列短篇小说。作家的这种编织组构方式，甚至很容易就能够让我们联想到乔伊斯的短篇小说集《都柏林人》。

优秀的短篇小说，无论如何都应该有对于时代精神的精准捕捉与出色书写。这一方面，那篇书写市场经济时代的《发小们的病》可谓最有代表性。作品借助于已经进城成为文字工作者的叙述者"我"，与一直留在故乡的两位发小逢时和天民之间数十年深厚交情的书写，所真切反映表现的，却是当下时代乡村世界所存在的各种急迫问题。这里，既有生态环境的被破坏问题，也有乡村道德的败坏问题，更有村一级政权特别涣散无力的问题。好在，面对着这一系列迫在眉睫的乡村问题，也幸亏还有如同天民这样的思想与行动者存在着："我是觉得没了庄稼农村就没了魂儿，也许是没了庄稼我就没了魂儿。说不清，反正那感受就像这山上失去树木森林就会令人内心孤独、难受一样。和桂英一唠叨这些，她就说我精神病！连逢时也说我古怪，大概村里人都这么看吧。青山，我就想找一天和你念叨念叨，让你帮我分析分析，是不是我精神上真出了问题！"从叙述者"我"惊叹发小天民已经成为社会学家的言行中，

已经充分证明或许只有如同天民这样的选择，才有可能给日益凋敝衰败的乡村世界带来改变的希望。

　　与此同时，优秀的短篇小说，更应该有对于永恒人性的深度挖掘与书写。这一方面，李延青的表现更为出色。他这一系列中的很多作品，都有着对于人性的精准洞悉与表现。《看电视》中的朱琴，之所以违心地嫁给了老翟，很显然是为了保护自己真正的心上人邵峰能够保留公职。《钟声》中的金权，之所以上吊自杀，其根本原因显然在于他的精神世界其实已经被曾经的集体化时代严重扭曲了。从这个角度来看，他的死亡，其实是对那个不合理时代的某种无声抗议。《饮食男女》中那位风流骚情的银子，之所以要煞费苦心地报复自家的大伯子李修德，告发他的地下党身份，也不过是因为李修德有意无意间冒犯了其人性尊严的缘故。面对着不管不顾地丢下自己转身就走的李修德，银子倍感羞恼万分："黑暗里，银子红涨着脸愣在那儿——长这么大，还没有哪个男人让她这么下不来台！嫁过来七八年，她和这个本家哥并没多少接触，他们之间一直保持着大伯子和弟妹应有的礼节。今晚真是阴差阳错！银子感觉一阵羞臊，继而羞臊转作一脸愠色。"正所谓"多情总被无情恼"，虽然说银子最后也为自己的出卖行为付出了以命相偿的惨重代价，但她的羞恼与报复行径，在人性的层面上，也还是能够得到合理解释的。《匠人》中那位不依不饶地坚持告状的周向文，如果说一开始他的告状行为还是为了妻子讨一个公道，那么，到了后来，他的精神状态就已经彻底被"语录"所控制了。能够把一个人的精神被时代严重扭曲的状况以如此鲜活灵动的笔触表现出来，所充分说明的，正是李延青一种出色的思想艺术表现能力的具备。

据我所知，日常生活中的李延青，公务一向繁忙。能够在繁忙的公务余暇，腾出手来，以短篇小说的形式耐心细致地打理表现自己的乡村记忆，并将其组构成现在这样一部匠心独具的系列乡村短篇小说集，我们理应向他表示充分的敬意。

2016年12月27日凌晨0时20分许

草定于山西大学书斋

目 录

附 录

饮食男女

都笏距天村五里路，天村属于根据地，都笏则是敌占区。

两村之间有条河，叫济河。一过济河就望见都笏村北山头上的炮楼了，它和北边的北盘炮楼，南面的灵堂院炮楼、千根炮楼遥遥相望，连成一线，将鲤鱼川、许定川两道与山西接壤的山川、道路一起封锁。太行山在这里展现出一种奇观：天村、千根以西是峰峦叠嶂的深山大川，向东却突然降为低矮的山包坡岗，延伸二十余里，最后驻足在一望无际的华北平原边缘。

每回去区里，一到天村，仰望着迎面扑来的巍巍山峦，李修德浑身上下的神经就彻底松弛；而每次返回，一过济河，他的每个汗毛孔又不由自主警惕起来。

一河无忧无虑的蛙鸣，将1942年这个夏夜点缀得安详生动。

李修德踏着浅滩上摆开的一溜潦石跨过济河。不远处是一座火神庙，残破、单薄的小庙掩隐在黑黝黝一片松柏中，他怕惊飞树林和庙里夜宿的野鸟，没到庙前就离开道路，穿过即将成熟的麦田直接插到南坡根，顺着坡脚一条若隐若现的麻金石路向村里走去。夜风撩拨地边、坡沟里的杨叶，发出一阵流水般的哗啦声，然后又归于寂静，夏夜在这时有了一份难得的清凉。李修德家在村南，背靠山坡，挨坡用石头垒起一道石塄，和房屋后墙形成一条三尺宽的水道。石塄上面并排着两棵碗口粗细的臭椿树，四周一种叫苘麻的灌木密密麻麻几乎将后窗遮住。来到树下，他拿起一根树枝去窗纸上轻轻敲了两下。少顷，后窗便如一扇门无声向外敞开，接着露出一张女人的脸，徐徐将一架一尺宽窄的小木梯搭过来，李修德抬脚刚爬上木梯……突然，身后响起一声呼叫：

"牛牛！"

屋里的女人和屋外的男人都被惊呆了！

李修德下意识握住别在腰里的杀猪刀，心跳如鼓，半晌方定下神。他转过身，看到苘麻丛外影影绰绰站着一个蓬头散发的女人。

"牛牛，银秀这个月二十六出嫁，咱家没场面上的人，到时候你无论如何可得去送送孩子！"

牛牛是李修德的小名，对面的女人是他叔伯嫂子秋妮。好像生怕被别人打断，秋妮一张嘴就说出这么一长串话来。李修德还没答话，屋里的女人却压着嗓门愤愤地说："嫂子，有你这么说事的吗？什么话不能等到白天来家说！你是成心不让俺活了？！"

屋里的责备让秋妮感到一阵不安，她尴尬、慌乱地解释："我、我闹肚子……跑茅房，恰巧看到牛牛……"

"还说，还说！还不快走！"屋里的女人急切把她打断。

李修德像只狸猫手脚并用攀着梯子进了屋。回过头，见嫂子仍在对面立着，他说："你先回吧。"

木梯抽回，窗户无声合上，两个木塞将窗扇重新固定在窗框上。

"吓死我了！吓死我了！"女人捂着心口恼怒地说，"真是，真是！"

李修德默默将木梯安放在土炕边，原来木梯是一截伪装的炕沿。这一出儿把二闺女、三闺女都惊醒，她们在黑影里睡眼蒙眬地亲切喊道：

"爹！"

"爹！"

西套间传来老娘一声轻咳。

李修德拍拍两个闺女的脸，小声地说："睡吧睡吧。"便下炕走向西套间。这是一座四间大小的房屋，中间算是客厅，东西各有一个套间，大女儿陪奶奶睡在西套间。

"娘，把你吵醒了？"李修德走到炕前，看到娘披着褂子坐在炕上。大闺女睡在一旁，织了一天布，这会儿打雷都惊不醒她。

"我就没睡实着。唉——"老太太叹息，"每回你一出门，我就开始盘算你回来的日子，见不着人我睡不着啊。"

李修德眼圈一酸，就湿润了。

"你别怨秋妮，她一个女人家知道什么！总觉得自家的事比天大。但银秀的事，不管多为难你都得出面。她一个寡妇家，拖儿带女，给你叔你婶儿养老送终不容易。"老太太伸手去脸上抹了一把，"别的我不多说了，总归你得成全她的体面。"

"……嗯。"

娘也是年轻守寡过来的人，李修德知道她的心情。"别的"更是不言自明：自打三岁上父亲去世，直到他长大成家，二闺女都五岁了叔叔才和他分家。虽然表面上看是奶奶当家，但日子终究靠着叔叔操持。婶子时有怨言，但叔叔不哼不哈，对他们娘俩始终如一。哥嫂更没嫌弃过他们一家。然而，说没，哥哥和叔叔婶婶先后几年都没了。哥去世时他守在跟前，哥淌着泪对秋妮说："累你替我……尽孝吧。"这么多年，李修德一直认为哥这句话是说给自己听的。兵荒马乱的世道，改嫁是女人的谋生手段，况且他们只有银秀一个闺女。女人，守着儿子是守盼头，守着闺女到头来还不是一场空？但秋妮真的就没改嫁。参加组织前，李修德一人兼顾着两家地里的活儿，一抗战连自家的活儿都推给媳妇，更顾及不到这个寡嫂了。有时想起来，他真不知道嫂子这几年是怎么熬过来的，心里不免愧疚，但更多是对她的敬意。刚才虽然答应了娘，其实他心里却在犹豫——他们家马上就得搬进山里，这是上级的要求。要是平安岁月，侄女出嫁，做叔叔的自然得去送亲，不去就是缺礼，对内对外都交代不过去。可如今是非常时期，不去嫂子一时会不高兴，但终究能够理解，

现在娘的一句话提醒了他——体面！

他们——全中国那么多人拼死抗战，不就因为国破家亡，中国人失去了安详平稳的生活，失去了尊严、体面？那一辈又一辈日出而作日落而息、春种秋收的世俗生活，总让李修德感受到生命的安稳幸福。娘的话使他猛然意识到，成全嫂子的体面，既是礼仪更是大节！

"娘，到时候我去。"他郑重地答应娘。

"嗯。过去吧，多少还能睡会儿。"

李修德回到东套间，和衣躺在女人身边。两个孩子转眼又睡熟，轻微地打着鼾声。他找着女人的手，握住。浆洗耕织……无穷尽的劳作已使这双原本细嫩的手变得粗粝僵硬。女人把手抽出，拿起他的手按在自己乳房上，停了停说："你不该答应娘。如今不比

往常，这种场合皇协军、'大乡'们最爱来无事生非找便宜。有我去，在嫂子和外人面前不缺礼就行。"

李修德没有说话，会心地握握女人的乳房。自从抗战开始，家里地里的活儿就几乎全部落在这个女人肩上，才三十多岁她的背就驼了；孩子们也不容易，大闺女白天黑夜地纺花织布，二闺女才十五，耕耩锄耢样样都干。有一回三爷爷拾粪碰上他说，咱二闺女耕地真比傻四还强哩！老人家是夸孩子，但李修德听着却脸红起来……常常是，他和二闺女三闺女扛着犁、牵着驴来到田边，他去开会，三闺女旁头（牵驴），二闺女犁地。中午三闺女回家取三个人的饭，等他开会回来吃了，再一起回家。好几次因为散会晚，两个孩子躺在暮色中的地边都睡着了。

"有事你就说吧。"媳妇无声叹口气。丈夫是孝子，对婆婆的话从不违背。

"区里让党员干部和家属立即转移到山里去。"李修德终于说话了，"鬼子开始大'扫荡'，这回是专门针对八路军，调动了很多兵力，在东边几个县烧杀掠抢，想把共产党八路军连根铲除。"

女人按住他的手，紧紧抓着。

"都走？"

"都走，保留火种。"李修德不识字，但记忆力奇好，传达上级精神能背下原话。

女人半晌没言语。事变后她才知道男人原来跟着共产党，干着八路，家里地里全指望不上不说，还是杀头的事。背地里她哭过闹过，男人哄她央她，结果该怎么样还怎么样，铁了心。慢慢她察觉，虽然对过日子来说男人似乎"不务正业"，但乡亲们却高看他，敬重他。女人在承担起全部家务的同时，心里产生了一份自豪和光荣。

"别舍不得家业，留得青山在不怕没柴烧……"李修德以为女人不愿离开家——"穷家难舍"呀——嘴里仍旧是照搬区长老蔡的原话。

"我知道。啥也不如命要紧！"女人依旧抓着他的手，"就怕咱娘……你和咱娘商量吧。"

这是个难题。李修德却在路上已想好："先不和她说，到时候别人都走，兴许就好说话了。明天我先通知他们几个人。"

白天，秋妮来了一趟家里，婉转地给李修德媳妇解释道歉。这是一个四十多岁的女人，生就一副男人相：菱形脸、高颧骨、粗嗓门。她说，自打没了银秀爹，她就一直把牛牛当成家里的主心骨。平常能不麻烦尽量不麻烦他，如今闺女要出嫁，接待迎亲的、去婆家送亲，没个场面上的男人，恐怕孩子还没过门就叫人家小瞧了。自己心里难过，不得已……李修德媳妇知道她的心事，嘴上埋怨几句，回屋去拿出一条新被子，说是给银秀添妆——家里的事还不都得她操心！

三五天里，全德、李虎、安金妮几家在李修德安排下先后撤进西山——有亲投亲，没亲戚的暂在山庄寄住。但李修德的娘坚决不走，她说："你和媳妇带孩子们走吧，我看家。"

"这年头，家里还剩什么？"

"破家值万贯。你们不用管我。"

"鬼子在东边几个县杀红了眼！而且专杀抗属——就是咱这样的人家。"

"我六十多岁的人了，我不怕！"

"你不走，你儿子也不走。"媳妇在旁边埋怨道，"就算你没事，鬼子能放过他？！"

"你们都走！"老太太呜呜哭起来。事变前他们家在村里是中等户，家里屋外每根草棍儿都浸着她的心血。

娘仨谈了几回没谈拢，时间已过去十来天，区里的精神突然变了：通知李修德留下——都走了谁做工作，那不等于将阵地送给敌人？

这两年，村里的青壮年白天都不敢露面。北坡炮楼上的皇协军、千根炮楼的"大乡"们经常来村里转悠，看谁不顺眼，找个茬就抓往日本当劳工。男人们起五更到地里干点活，然后就躲到天村以西的大山上去打柴，黄昏再回来。牛呀、驴呀使完也藏进山里，让"大乡"碰见一准儿给"征"走——别看他们在人前戴礼帽穿长袍，但他们没军饷，专靠祸害老百姓过日子。

现在李修德像只流浪猫，过着早出晚归或不归的日子。好在这季节好隐蔽。都笏临近华北平原，可耕种土地宽。男人们不敢露面，女人养种不过来，荒芜的田地里蓬蒿长得一人来高，随便哪儿都能混一晚上。

黄雀飞过来，在捋净叶、剥光皮的榆树上啁啾啼鸣，稍作停留又向北方飞去。要是过去，这时节李修德正和哥哥一块儿用翻笼逮黄雀。哥哥手巧，提早用高粱秆儿插出一个个鸟笼。立夏过后，迁徙的黄鸟从南方飞来，他们把桐油抹在木杆上绑在树顶，黏住公鸟装到翻笼做诱鸟，每天能逮十几只，放掉不叫唤的母鸟，拣出公的拿到集市上卖。其实并卖不了几个钱，但那是一种心境。现在想来，那份闲适仿佛已是遥远的隔世情景。

几阵热风刮过，短肥缺水的麦田枯黄了，和豌豆一起上了场。

区里派下公粮。

都笏村给西山的八路筹公粮，惯例是通知各家各户按规定的数量送到指定地点。这样做一是因为距离根据地近，二是防止附近炮楼上的敌人抢劫。

这天，断断续续下着雨。天黑后李修德摸回村，催促还没缴上公粮的人家，最后来到本家兄弟李文德家。文德在北坡炮楼上当伙夫，两口子没儿没女，家里就弟妹银子一个人。李修德进了院，见北屋亮着灯，猜到因为下雨银子在家里闲着，收住脚听了听，问道："文德在家吗？"

"谁呀？"银子在屋里答应，"进来吧。"

李修德一脚跨进门槛，顿时就愣在那儿。银子正坐着杌床儿洗脚，一只雪白的三寸金莲泡在地上的绿瓦盆里，另一只捧在膝盖上，就着灯明儿剪趾甲。他脸忽地一热，慌忙放下门帘，退到门外。

"牛牛哥啊，进来吧。"

银子招呼声中带着一丝嬉笑，让李修德越发尴尬。他说："就在这儿说吧。西边的公粮让最迟月底送到红土湾。你记着，我走了。"

西边是指八路，北边是指炮楼，约定俗成，大家心知肚明。

"牛牛哥。"李修德转身刚迈步，银子一撩门帘跨出门槛。方桌上那盏时新的玻璃罩灯随着银子撩起的门帘把光亮一下扑到院里来。银子已收拾利索：白衫黑裤，脚上穿着一双玲珑的白鞋。当地风俗只有死了爹娘或婆婆公公女人才穿白鞋，穿白鞋不吉利，但银子不在乎，一年四季都穿。那双小巧的白鞋衬着飘动的黑绸裤，显得格外醒目，村里人背后都叫她"小白鞋"。

"哥，粮食我装好了，你给我捎去吧。赶上下雨，我这双脚走不了红土湾那泥路。"银子婀娜娉婷走上前，笑吟吟盯着他，一只丰满的乳房似是不经意间颤巍巍蹭到李修德胳膊上。

李修德慌忙挪开一步，心里陡然生出一阵厌恶：她这是把自己当成那些光棍闲汉了！厌恶瞬间化为恼怒。

李修德和银子男人文德是堂叔伯兄弟。文德小时候学过厨艺，本来在村里开饭铺，鬼子在北坡建起据点，胁迫他到炮楼上当伙夫，家里就剩下媳妇一个人。银子无所事事，耐不住寂寞，就把饭铺改成小店，卖烟卖酒，后来还聚赌抽头儿，逐渐招引得三里五乡的光棍儿闲汉经常来村里晃悠，千根炮楼上的"大乡"也时不时来掺和。李修德劝文德把小店关了，但文德做不了银子的主，李修德也无奈。其实，他让文德关闭小店，还有一层不便言明的私意——银子在村里名声不好。

李修德虽然恼怒，但他毕竟是大伯子，是场面上的人，嘴里说出的话决绝却合情合理："我们家的公粮前天你嫂子缴上了。我这几天正为银秀出嫁的事撺掇（帮忙），你自己想想办法吧。"

说罢，丢下银子就走。

黑暗里，银子红涨着脸愣在那儿——长这么大，还没有哪个男人让她这么下不来台！嫁过来七八年，她和这个本家哥并没多少接触，他们之间一直保持着大伯子和弟妹应有的礼节。今晚真是阴差阳错！银子感觉一阵羞臊，继而羞臊转作一脸愠色。

李修德从大门洞匆匆走出，和一个人迎面撞了个满怀，两人都大吃一惊。他定神一看，认出是傻四。

"四儿呀。有事？"

"嗯、嗯，我、看、看文德回来没……"

傻四是个光棍，又穷又懒。这一带建起炮楼后，他和千根炮楼

饮食男女

李修德从大门洞匆匆走出，和一个人迎面撞了个满怀，两个人都大吃一惊，

上的"大乡"勾上手，狐假虎威祸害乡亲。李修德建议区里把他除掉，区长老蔡想了想，摇着头说："如今这种人太多。对于他们，我们应该主动接近，晓以大义，以期改邪归正。同时，要想办法从他们嘴里得到我们需要的情报。"有老蔡这话，那回武工队在都笏村外伏击来骚扰的"大乡"，傻四也在其中，李修德还掩护过他。就这样俩人有了走动，李修德偶尔塞给他两盒烟或弄一瓶酒，也从他嘴里得到过情报。私下恩威并重劝告他，往后少做缺德事，免得给自己种蒺藜。

傻四却满不在乎："牛哥，我没家没业，就为混碗饭吃。"

李修德说："这年头你多吃一口，别人就得少吃一口。能不记你的仇？"

"这就顾不得了。"傻四一挺胸脯，"人总得活着！这世道谁给我饭吃，我就是谁的狗。"

眼下这情势，傻四的话也不能说全错。村里上好的土地大部分荒芜着，女人们连蓬蒿、蒺藜籽都扫来碾面吃。去年，实在没得吃了，女人曾以三斗高粱为"彩礼"将大闺女许给灵堂院一户人家；他也想把三闺女过继给本村一对孤寡老人。虽说这两件事在孩子们的哭声眼泪里最终都没能落实，可那不也是想给孩子们找条活路？总不能一家子都饿死！但这种日子、这份苦难是谁赐予的？不恨日本人，反而去祸害乡亲，这是李修德永远无法容忍的行为。

傻四闪身进了文德家，李修德却呆愣在那儿，心里翻腾着一股莫名的恼火。连他自己也说不清，这火气是来自银子的轻佻，还是区里对傻四这种人的宽大，抑或是自己今晚无处可去？雨又淅淅沥沥落下来，黑沉沉的村子像死绝了人，没有一点儿声气，不见一星灯火。李修德盲目往村外走去——越是这种天气他越不敢住在家里。雨很快淋湿他的衣服，也渐渐浇灭心头的恼怒，没等走出村他就明白，今晚应该赶到红土湾。

冷静下来，想着刚才发生在文德家的一幕，李修德隐隐有些后悔——对银子他本来保持着敬而远之的态度。银子是个独生闺女，嫁过来第一眼看到银子，他就知道这是一个娇惯任性、讲究享受的女人，和他是完全不同的两种人。好在大伯子和弟妹的身份拉开了他们之间的距离，掩盖了他对银子的排斥。日常，媳妇和本家妯娌们私下议论银子长银子短，他总是黑着脸呵斥她们。但今晚他却把自己长期隐藏着的内心态度暴露出来——那股莫名的恼火，就是因为这轻易地暴露！他不愿把自己对银子的恶感表现出来——因为她是本家弟妹，因为直觉告诉他这主儿不是个善茬儿——他不想把她变成敌人。

在区里，老蔡曾先后几次和他提说："老李，你们村的银子是个可以利用的对象，你要想办法接近她……"

"她……太复杂。"

"不复杂有什么价值？"

"嗯。"

老蔡说了几次没效果，就开始批评他："老李，你是不是有些封建？我打听清楚了，银子是你本家弟妹嘛。"

"村里传说她……作风不好。"李修德吭吭哧哧说了实话。

老蔡盯着这个坚定正直的青年人，突然"扑哧"笑了："老李，你是不是对自己不自信？"

李修德红着脸说："我喜欢小葱拌豆腐——一清二白。"

老蔡没再难为他，只是摇着头说："你也是老同志了，看问题不该这么简单。"

但李修德更相信自己的直觉：银子和他不是一路人。他宁可敬而远之。

二十五下午，李家本家当户的都来秋妮家撺掇。婚丧嫁娶是家里的大事，秋妮是寡妇，更不能冷落她。来的多是女人，有的打扫院落，有的收拾屋子、剪贴喜字，和秋妮银秀说说笑笑……虽说如今红白喜事办的简单，但这桩喜事还是给人们苦难的生活、阴郁的心里带来一丝亮色。

天傍黑，李修德来了。他到屋里坐下，听秋妮和自己女人给他说道明天的张罗安排。正说着文德走进院来，为明天送亲他特意请假，还借了身皇协军的制服。关于请不请文德送亲，秋妮和李修德媳妇专门商量过——和他媳妇商量其实就是和李修德商量。李修德说，当然得请。一来这是礼数；二来文德一到，估计北坡炮楼上的皇协军就不好意思再来捣乱了，即使千根炮楼的"大乡"来，有文德出面他们也不至于太过分。李修德把文德让进屋，哥俩没说几句话，银子就找上门来。她立在门口，旁若无人地盯着坐在椅子上的文德说："刚进家就没影了，家里那么多活，你倒会找清闲！走走走，别人模狗样在那儿坐着丢人现眼了，人家有的是近枝近亲撺掇，哪里轮得着你！明天你还得去红土湾缴公粮呢。"

文德面红耳赤站起身，低着头往外走。秋妮迎上去说："银子，咱不是说好让她文德叔明天去送秀儿吗？"

"俺还得去缴公粮呢，送不到人家还不把俺绑了。哼！"银子仰着头风摆杨柳般扬长而去。

李修德知道她冲着自己，站起身对屋里屋外发愣的人们怒冲冲说："该干什么干什么，明天吃过饭都早点过来！"

　　第二天黎明前，千根炮楼的皇协军和"大乡"突然包围李修德家，把他绑走。出了门，李修德在人群里一眼看到傻四，他高声喝道："傻四儿，是你狗日的害我？！"

　　傻四嗫嚅了一下没吭声。出了村，他挤到李修德跟前，小声耳语："牛牛，你别怨恨我，银子给了我五升谷子……"

旧事二题

一、豌 豆

麦子刚灌浆，豌豆已胀满豆荚。娘催促说，去吧，再不看着就该让人偷光了。于是一大早豌豆就拿个小板凳，往村西二里外自家那块豌豆地头上去看豌豆。地边有棵合抱粗的核桃树，树旁有一眼浇地的水井；来到地头豌豆就坐在树荫下搓麻绳，为伏天纳鞋底做准备。头上浓枝密叶，水井透着凉气，看看不远处烈日下裸露的黄土大道，豌豆心里有一种说不出的惬意。

晌午，娘来给她送饭——两个掺着嫩豌豆的高粱面窝窝。又是这！豌豆一见胃里的酸水就漾到嗓子眼，翻着白眼抱怨。又是这，有这吃就不赖了！娘摘下包头巾，抖去尘土沾沾脸上的汗渍，拿着包干粮的布袋儿走进豌豆地，一边摘豌豆荚一边说，听人说日本人就要来了，到时候能不能吃上这还另说呢。

豌豆娘外号叫"小白鞋"，在村里名声不好，整日打扮得头光面净，极少下地劳动。爹是个老实疙瘩，村里的光棍闲汉有事没事都爱到她家去串门，冬天黑夜里经常坐满一屋子人。

豌豆小时候，光棍闲汉常在街上逗弄她，拿一根麻花或一个花红说："豌豆，想吃不？"

豌豆说："想！"

"叫声爹，叫我声爹就给你。"

豌豆劈手夺过来，远远跑开，小嘴蹦出一句："我是你娘！"

满街的人哄然大笑。笑过后不禁又感叹：看看人家，才多大点的人儿呀，就有这份心眼。到底什么样的家庭出落什么样的人，不服不行！

夜深人静，那些闲坐的人陆续散去。小白鞋就像变戏法，不是从炕头上的筐箩筐里提出一包蜜馃，就是从影壁后面的佛龛里摸出几个缸炉烧饼……豌豆爹只管吃，从不问来路；豌豆幼小的心里则充满神奇。等到十一二岁留心起来，她终于勘破其中的秘密——放东西的人，往往进屋转一圈、坐一下就找借口先走了。

小白鞋摘了半袋儿豆荚，顶着一头热汗回到树荫下。豌豆用葛条系着破栲栳从井里拔上半栲栳井水，饱满的胸脯一鼓一鼓起伏，似乎想冲破布衫束缚蹦出来。闺女该找婆家了，兵荒马乱的，早打发早省心。小白鞋想着，抬头看看树上的核桃说，等秋里卖了核桃给俺豌豆做件洋布花夹袄。豌豆撇撇嘴，咬口窝窝说，牛角尖上挂青草——你就哄着俺往前走吧。这话你说了几年了？小白鞋"扑哧"一乐，岔开话题说，今儿晚上咱蒸豌豆糕。豌豆糕，唉！豌豆扎进栲栳里去喝水，身上那件用娘的旧衣服改的细布布衫显出短来，露出白白一大截腰肉。小白鞋一边往家走一边心里说，今年想什么法也要给闺女做件新夹袄。

豌豆这东西吃多了闹胃酸，但这一带的人照样种，照样吃。豌豆比小麦早熟半月二十天，正好帮补青黄不接的日子。

豌豆家的地块傍着大道，是许定川通往县城的主干道，能走大车，像这逢一逢六过集的日子，来来往往人更多，没人看着早就叫人顺手牵羊偷光了。今年豌豆特意在冲大道的地边点了一溜向日葵，现在已有一人来高，黄灿灿的花盘也不怕晃眼，整天扭着脖子跟着太阳转动。搓麻绳累了，豌豆去看向日葵，灿烂的花盘招来了蜜蜂、马蜂，还有屎壳郎大小的黑旋蜂⋯⋯豌豆心说今年一冬可有瓜子吃了。然后又去远眺西面天际那影子似的大山，村里人说过了山就是山西省的地界。

"豌豆，看什么呢？"

冷不防豌豆被吓了一跳。转过身就见眯缝满头大汗来到树下，放下拾粪的挎篓说："我喝你口水。"

说着趴在栲栳上咕咚咕咚喝起来。

挎篓里的人屎牛粪立马招来几只绿豆蝇，豌豆心里腻歪，却不好意思说。眯缝快四十岁了，一个人守着祖上传下来的三亩旱地，日子过得要多狼狈有多狼狈，人要多邋遢就多邋遢。但眯缝勤快——不管走到哪儿都背着拾粪的挎篓。豌豆记忆里，眯缝一年四季都在拾粪，好像他这辈子是为拾粪生的。眯缝喝足水，扯起右边的衣襟当蒲扇，来回呼扇，那架势像是赶了多远的路。

"豌豆真有福啊——井拔凉水大树荫，美死了！"眯缝一面呼扇一面四下打量着感叹。他的两只鞋都裂开了，露着脚趾，像张嘴的鲶鱼。

"再美也赶不上你——一个人吃饱全家不饿，那才自在呢。"豌豆冷着脸说。眯缝没等豌豆答应便去栲栳里喝水，他不把自己当外人，豌豆却嫌他胡子拉碴的嘴脏，早憋了一肚子气。

豌豆被人家道破心事，豌豆多少有些不好意思……冲着他的背影喊道……

"豌豆也会笑话人了。"眯缝不知情，晃着许久没剃、头发老长的枣核脑袋苦笑着说，"我这是人过的日子吗？"

"不是人过的，难道就是狗过的、猪过的？"豌豆端起破栲栳，将剩下的水使劲泼进自家豌豆地。

眯缝一愣，盯着豌豆看了半晌，转身背起挎篓就走："我知道了。豌豆，你是嫌俺脏。"

被人家道破心事，豌豆多少有些不好意思。眼瞅着眯缝踢踢踏踏快步走到南坡根，顺着地边往村里走，冲他的背影喊道："眯缝，别不认要。鞋底掉了没人给你做新鞋！"

眯缝眯缝，村里人这么叫，豌豆也跟着叫，真要论起年龄辈分儿豌豆还该喊他一声叔呢。但她那样的家庭环境，使得豌豆不自觉在人前显得没大没小。小时候，豌豆一见眯缝就瞪着眯缝的眼睛看，怎么看那双眼睛也是细眯眯的两条肉缝，就是看不到眼珠。想到这层，豌豆咯咯笑出声来。但笑着笑着却戛然而止，豌豆平日很少在人前大笑，她知道自己嘴大。娘却不以为然，说嘴大吃四方。豌豆照着镜子看来看去，到底认为嘴大是个缺陷。

眯缝走了，豌豆继续搓麻绳。搓好的麻绳一条套一条挽成麻花状丢在地上，像条蛇。她一绺一绺续着麻丝，伸展的巴掌在洁白光滑的小腿上一下一下碾过，麻绳在腿另一边扭动着、跳跃着、延长着……空寂的晌午，只听蝈蝈在远远近近的豌豆地和酸枣棵里吱吱叫成一片。

一个骑自行车的人，孤零零顺大道从东面走来。他戴着顶半新不旧的草帽，真丝白褂，黑纱裤，这打扮在乡间显得格外扎眼。望见他豌豆突然跳起身，挽在裤管上的麻丝顺腿垂到地上。豌豆几乎每个集日都能看到他，知道他骑的车叫"僧帽"，是个买卖人。骑车人也看见豌豆，来到对面把车刹住，支在大道旁，顺着将要黄梢的麦地边走过来。豌豆赶忙盘起麻丝，把挽在膝上的裤管放下来。

"姑娘，借口水喝。"那人摘下草帽扇着风，笑眯眯来到树下。这是个三十来岁的年轻人，理着乡下少见的分头，脸膛因为日晒和炎热变得发红。豌豆却知道这样皮肤的人才是真正的白人，怎么晒也晒不黑。她喜欢白净的人。

"哪有不付钱的水呢？上集的水钱还没付哩。"豌豆嘴上说着，提起栲栳去井上打水。

"你又不是开店的孙二娘，喝口水还要钱啊？"那人拽下脖子上的羊肚子手巾，先到一旁拍打身上的尘土。收拾干净，顺手摘下一片核桃叶，卷成漏斗状去栲栳里舀水喝。

豌豆听过评书，知道孙二娘是个开黑店的老板娘，笑眯眯应道："差不离儿，保不准我的水里也放着蒙汗药呢。"

"那可正中下怀。"那人转过身冲豌豆坏笑道，"牡丹花下死，做鬼也风流。"

"原来是个贫嘴。"豌豆撇撇嘴，忽然闻到一股异样的香气，她抽抽鼻子，发现气味来自眼前这个男人。"好香！你赶集买了什么好东西？"

那人从兜里掏出圆圆一块软纸包裹的疙瘩递给她："告诉你吧，这是洋胰子，学名叫香皂，日本产的呢。"

"这就是洋胰子啊！"豌豆拿过来放在鼻子底下，一阵猛烈的香气扑面而来。她打开软纸，盯着这块细腻雪白的圆疙瘩说："以前光听人说洋胰子洋胰子，原来就是这啊。"

"没见过吧？"那人洋洋得意地说，"用它洗脸不但越洗脸越白嫩，冬天手脸还不皴。"

"这么好啊！"豌豆突然把手背到身后，一双大眼盯着他说，"那就用它顶水钱吧！"

"那可不行。"那人脸一沉，丢掉舀水的核桃叶上前来夺。

豌豆没他人高，也没他手长，整个被他圈在怀里，小蛇一样扭动身子，一会儿把香皂举起，一会儿又捂在怀里。那人去掰她的手，豌豆飞快地将香皂倒进另一只手，胳膊一扬把它扔进豌豆地里。

一时两个人都愣了，豌豆被自己大胆的举动吓住，怯怯垂下眼帘；那人望着满脸涨红、胸脯起伏不定的豌豆，原本绷着的脸突然扑哧笑了："这下可好，谁也要不成了。"

"我，不是……"豌豆不知说什么好。

"找吧，谁找到归谁。"

"这可是你说的，"豌豆顿时心里升起一种小时候过家家的兴致，"不许反悔！"

"不反悔。"那人拉起豌豆，拨拉着豆棵走进豌豆地。

豌豆没有把手抽出来，只觉得这只陌生的手又软又绵，绵软得豌豆心旌摇荡，脚下像踩着棉花，手心便沁出一层细汗。他们一边扒拉着豆棵，一边寻找。过了好久，两个人几乎同时发现了那块香皂，豌豆猛然向前一扑——由于另一只手被握着，抓住香皂的同时人一头栽倒在豌豆地里；那人被她一拽，身不由己跌在豌豆身旁，压倒老一大片豆秸。

"我找到……"这句兴奋的话没喊完，豌豆忽然意识到异样，她欠起头：那人跪在豆棵上，一动不动盯着她的胸脯——豌豆的布衫被豆秸挂破、撕开，一只丰硕的乳房豁然袒露出来——蝈蝈不知何时停止了鸣叫，田野里死一般静默——没等她做出任何反应，那人一低头便将那颗鲜红的乳头咬在嘴里，整个人骑在豌豆身上。豌豆浑身软成一团稀泥，仿佛飘上天空，脑海里浮现出过年娘蒸的点了红点的馒头……

日本人说来就来，麦收后他们和自卫队远远近近打了几仗就把县城占领了。

在这枪声四起、人心惶惶的日子，豌豆心里更慌，她已经三个月没来红了。这事她听女人们说起过，知道自己被那人害了，只好硬着头皮和娘说了实话。于是，趁着各村迎娶的热潮，豌豆草草嫁给眯缝。

豌豆出嫁穿的花夹袄就是那人送的布料，洋胰子也随身带到眯缝家。洋胰子浓烈的香味总是使她恍惚，依稀觉得那是一场梦。那件事发生后，豌豆的心一度就像冻僵了、麻木了，觉得自己这辈子算是完了。一个人时，她掏出那块洋胰子怔怔看半天，看着看着就像生厌了，突然把它扔出去。半天，再去讪讪捡回来。夜间睡下，心上像有小虫在爬，又像有一蓬丝在心头拂来抚去，搅得她一阵阵焦躁。终于熬到集日，远远望见那骑车的身影，豌豆只觉一股麻酥酥的感觉传遍全身，眼里的泪水便哗哗淌下来。麻木的心就在此时复活了、舒展了——她终于明白，原来自己是盼着他！往后每次见面，那人不是送一面小镜子，就是一方手帕或者几包人丹……总能给豌豆一种新奇和惊喜，豌豆说不清自己是该爱他还是恨他，心里又怕又想去和他做那事。有一次豌豆在他腰后摸到一件硬邦邦的东西，那人掏出来竟是一把匣子枪，略带几分尴尬地解释说，防身用的。说罢用上衣裹住，让豌豆枕在头下。豌豆突然失去了往日的热情，身体似枕着的枪一般坚硬，脑海开始乱哄哄走神，她意识到这不是个单纯的买卖人。

豌豆生了个女孩，取名叫香香。香香两岁多时日本人在村北河滩对面山坡上修起炮楼，眯缝当上村长。当上村长的眯缝整天在外忙碌，有时一连几天不着家，不是给西山的八路送公粮，就是给炮楼上的皇协军收给养，两头都不敢得罪。但慢慢地豌豆觉出眯缝暗自偏向着西山的八路——真应了那句老话：人不可貌相，海水不可斗量！看不出邋里邋遢的眯缝居然有这么深的城府。豌豆心说，怪不得整天拾粪不见地里多打粮食呢。虽然依旧装聋作哑，眯缝的形象却在她心里高大起来。

公差派下来，有时眯缝不在家，管账的乌眼儿就龇着牙花子来找豌豆。豌豆把香香丢给娘，夹着个秤盘挨家挨户地去收款收粮，俨然是个二村长。

出乎意料的事还有呢——炮楼上的队长居然就是害她的那人。终究不是个生意人！豌豆心说，这就叫冤家路窄吧？轻车熟路，一来二去俩人又勾搭上手。有一回队长带着酒肉来她家，香香正好在跟前，那人随口问道："她爹呢？"

豌豆抱着香香才要给娘送过去，听到这句话收住脚，背着脸狠狠说："死了！"

队长一愣，走到对面抚摸着香香的头，端详一会儿，突然去拧下一根鸡腿递到孩子手里。下次，队长带来一块花布料，还有一个拨浪鼓。豌豆无声落下两行泪。

两边都说得上话，豌豆不知不觉便在村里张狂起来，说话做事比眯缝还硬气。但炮楼上该挤对他们两口子照样挤对，队长说："公是公私是私。"

没到处暑炮楼上就给眯缝送信儿来，让给置办八月十五过节的物品，预备秋粮。中秋节前，队长按照说定的日子，带着炮楼上的弟兄来村里取物资。一队人吃饱喝足，抬扛着东西返回时，在河滩遭遇伏击，死的死伤的伤，没死的丢下物品跑散了。队长慌慌张张逃到眯缝家，豌豆一见，急中生智把他藏到厦子底下靠墙根的一领破炕席筒里。枪声停了，眯缝回到家，先奔到水缸前饮驴一样喝了瓢水，悄声吩咐豌豆："我得去山里几天，你留点心，那边没准会报复。"

眯缝走了，那人从席筒走出来，脸上一阵青一阵白直盯着豌豆："怪不得！我说呢，原来你们是那边的人。"

看着那双血红的眼睛，豌豆害怕起来，仗着胆蹭到他身边："什么这边的人那边的人，我们还不是你的人！"

队长推开她，用匣子枪点着她脑袋说："豌豆，你信不信，我敢敲了你？"

豌豆干脆装傻充愣耍起嗲来，一面往他跟前凑一面说："你敲，你敲！"

"娘的，敢算计老子！"队长一咬牙，"砰"一响，豌豆满脸开花栽倒在地上。

队长撩起衣襟擦擦溅到脸上的血，掏出火柴点燃了厦子底下的柴草，柴草引着了他刚才藏身的那领破炕席，火苗呼呼蹿上房顶。

迈出门，队长回头又看了一眼，豌豆那天穿的正是结婚时那件花夹袄。

二、银　子

银子头一次回门就和娘吵闹起来，口口声声说自己这辈子生是叫娘给害了。

"烧的你！"气得娘也没给她好脸子，鼻子不是鼻子脸不是脸地骂道，"六十多亩水地享用着，大骡子水车现摆着，不愁吃不愁穿，进门就当家，你还想怎么地？以为自己是金枝玉叶呀？耳背，耳背怎么了？他就是千里眼、顺风耳能当饭吃还是能当衣穿呀？我看纯粹是烧的你！"

银子跑回自己屋，趴在炕上哭起来。女婿李文德听着娘俩在那边屋里吵嚷，不好意思过去，见银子哭着跑回来，就蹭到炕边问：

"这、这是怎么啦？"

耳背的人说话声高，丈母娘在院里听见，愤愤喊道："你甭理她，叫她哭！"

银子听了哭得更难过，文德戳在炕前站也不是坐也不是。

文德自幼身体羸弱，爹知道他受不下庄稼地的苦，读了几年书，就托人送他去县城鸿运饭庄学厨子。文德耳背，在那儿时常遭人训斥和欺辱，没等满师就跑回来。前两年爹娘先后过世，他把地里的大小农活一概交给长工、短工，自己就着临街的房子开起一爿兼卖烟酒的小饭铺。虽然没有满师，毕竟也算专业出身，先是村里请，后来逐渐三里五乡遇到红白喜事都来聘他做大厨；文德顺便又置办起一套桌椅板凳、锅碗瓢勺专门出租。日子过得有吃有花，在村里着实称得上殷实人家。

银子娘家靠近山里，在乡下勉强算个中等户，爹死得早，这桩婚事是娘做主订下的。银子五短身材，白净面皮，鼻梁上撒着几粒浅浅的雀斑，是个小巧玲珑的美人。文德心里喜欢，但嘴拙，表达不出来。银子嫁过来才发现丈夫不但耳背，人还木讷，觉着一朵鲜花插在牛粪上，越想心里越憋气，隔三岔五就寻衅吵闹，最后自然都是文德妥协。日子就这样一天赶着一天过去。

银子娘知道女儿从小被自己娇惯坏了，放心不下，过一段时间就来闺女家住个三两天。银子嚼着娘带来的馃子说："火候小，不如文德炸得脆。"

娘扑哧一笑，说："闺女，娘不如你们有才是真的！"

银子就跟着笑起来。

晚上银子和娘睡一炕，娘欢喜地问她："闺女，看看你现在铺的啥盖的啥，穿的啥吃的啥，还怨娘不？"

银子想想，凑到娘耳根说："就是不能说悄悄话。"

娘白天看了她家粮仓，翻过箱柜，满意地笑道："嫁汉嫁汉，穿衣吃饭。有吃有穿，说不了悄悄话咱不会大声说？反正整座院子就你俩，怕什么？"

银子脸一热，说："有些话，悄悄说着才称心哩。"

"一样。闺女，习惯了都一样。"娘劝慰着又问，"文德闲下来做什么？"

"就知道看闲书，像根木头。"银子最不满意文德这一点。

日本人在村北建起炮楼，向眯缝点名要文德去当伙夫。文德不知如何是好，晚上把本家哥哥李尊德、李修德叫到家里商量。哥仨喝着酒，李尊德沉吟着说："这事，我看还得去。不去，恐怕你的饭铺也干不成。再说有家有业，你也走不了啊。"

李修德点着头说："只是有一条，虽然咱上了炮楼，但绝对不能干缺德事。"

李尊德文雅和善，是方圆百余里有名的大夫，人称"李先生"，银子带娘让他瞧过几回病，比较熟络。她跟李修德反而陌生——李修德虽说就是个庄稼主儿，但很少在村里露面，据说是往昔阳倒腾买卖。银子觉他眼里隐隐透着一股杀气。

"就是银子年轻，不懂事……"文德红着脸老实说。

"离得近，有空你尽量请假多回来。"李尊德说。

李修德嚼着花生米，慢悠悠说："我跟眯缝招呼一声，让他也照看着点。"

文德上了炮楼，小饭铺自然停业。起初，银子想把剩下的烟酒处理掉，处理着处理着忽然灵机一动，专门经营起烟酒、瓜子、花生米来。不久，就有人开始在那儿打麻将、推牌九，很快三里五乡的闲人都找上门来。银子卖烟卖酒，伺候茶水还从中抽头，日子倒显得比文田在家还有声色。文德回来，看乌烟瘴气一屋陌生人，睡到炕上就说："别干了，咱不差那俩钱儿。"

"我不是看那俩钱，"银子正在兴头上，怎肯罢手，"也就图个红火热闹，有个抓挠头。要不，你叫我怎么打发日子？"

文德说不服银子。

娘怕闺女孤独，走动得更勤了。开始银子挺高兴，换着样给娘做好吃的，后来渐渐心不在焉，常是把娘一个人丢到家，自己泡在铺子里。娘知道女儿心野了，晚上睡下从旁劝说："闺女，自古吃喝嫖赌的可没个正经人，你得留个心眼儿。"

银子懒懒说："我有数——也就图个热闹乐和呗。"

娘叹口气，翻身睡去。银子静静睁着两眼，听着娘舒缓的鼾声，自己却无一丝睡意——文德在身边她觉得不如意，文德离开她又感到冷清孤寂。睡不着吧，脑子里还思绪纷纷，白天经历过的影像就似拉洋片一样在眼前闪过，分不清到底是自己的思想还是梦境。莫名其妙就冒出一身虚汗。李先生给她把过脉说，气血弱，主要是睡眠不足，吃几服药静心调养调养吧。

光顾银子铺子的，除了附近各村的头面人物，就是那些闲汉光棍儿。这些人免不了和银子打情骂俏，时间一长，村里今天传说银子和这个好了，明天又相传银子靠上谁谁，也不知是真是假。其实，这些人平时口头、手脚上占银子些便宜是有的，却不敢太过放肆。他们不是怕文德，而是顾忌朱先生。

朱先生是外地人，在浅根炮楼上当翻译。浅根炮楼在南边，是个大炮楼，距离他们村八里地，住着日本人一个小队，控制着通往鲤鱼川和许定川南部的要道。朱先生娶了他们村在石门念书的爱姐，炮楼上不能带家属，所以常回村里来。回来他不在家陪爱姐，愿意待在银子的店铺里，赌桌上人手不够他就凑个手，够手他就买包瓜子，喝茶聊天。熟悉了，银子常让朱先生帮着买洋胰子、雪花膏或者洋袜子什么的。朱先生懂行，买得便宜。

朱先生一到，眯缝就像猫闻到鱼腥味一样跑过来。

"我回来是探亲又不是公事，你该干什么干什么去。"朱先生撵眯缝。

眯缝点头哈腰："朱先生，有事你吩咐。"

"我说了，我没事。"

"哎，哎。"眯缝满脸堆笑，却不动窝。

"眯缝，你这是成心不让我回村了？"朱先生一脸无奈。

"不敢，不敢。"眯缝的腿迈出门槛，又回过头撂下句，"银子，朱先生的花销记到村里账上。"

眯缝说归说，该结账朱先生还是自己结。

有时朱先生来了，麻将、牌九都不缺人。朱先生喝着茶说："银子，给我找文德本小说看吧。"

银子说："你看什么？"

"随便。"

也许是《水浒传》，也许是《二刻拍案惊奇》，银子拿什么朱先生看什么。

有一回银子说："想看什么，你自个去挑吧。"

朱先生就跟着银子进了里院她和文德的住屋。进屋打量一番，朱先生禁不住夸赞起来："银子，你把家拾掇得真利落。"

"嘻!"银子笑道,"再利落也比不了你家,人家爱姐念过书,是见过世面的人。"

看着墙上鲜艳的年画、擦抹锃亮的桌椅和炕上整齐码摞的大红大绿的被褥,朱先生又感慨:"你家更像家——温暖!"

银子拿着一本《灯草和尚》走到朱先生跟前,丰硕的乳房颤悠悠直顶到他胳膊上,哧哧笑道:"爱姐那里不温暖?"

朱先生就捂住她拿书的手,说:"银子,你这手长得真好。"

"就手好呀?"银子幽幽地望着朱先生,浑身燥热起来。

朱先生把银子横抱起来,放到炕上,脱掉鞋把捏她的三寸金莲:"这脚也好——我喜欢小手小脚的女人。"

"还有更好的……"银子顺势搂住他脖子。

立秋后娘又来了,睡下后悄声问银子:"文德有个本家哥叫修德?"

"嗯。怎么啦?"

"前几天他路过咱村,去家里嫂子长嫂子短和我拉呱半天。话里话外的意思是,文德不在家,村里人难免说闲话,让我劝你把铺子关了。"娘说,"我琢磨莫不是文德托的他?"

银子听了,顿时心里升起一股莫名的羞恼和愤恨:"有什么闲话?狗拿耗子——多管闲事!文德都快一个月没回来了,怎么托他?"

羞恼归羞恼,愤恨归愤恨,银子马上意识到无风不起浪。李修德平时很少待在村里,就是有闲话他又怎么会知道?眯缝,肯定是眯缝告诉他的——银子想起文德上炮楼前在他们家喝酒,李修德说过让眯缝关照自己的话。

银子"还有更好的……"银子顺势搂住他的脖子。

"他哥是个有背景的人哩！"娘在她耳边悄悄说，"我送他时，听门外站着的人叫了他声区长。"

一句话惊醒梦中人，银子顿时把所有的事情都串联起来：怪不得在村里难得一见呢，怪不得能指使动村长呢，原来表面说是倒腾买卖，背地里却干着八路！这么说，眯缝和他是一路人无疑！

思前想后，银子私下还是把这事告诉了朱先生。朱先生沉思着说："神龙见首不见尾，这事怕是八九不离十。你别露声色留着点心，看见他回来赶紧打发人给我送信儿。"

中秋节前，八路伏击了村北炮楼上来村里要物品的皇协军，烧毁了炮楼。逃跑时皇协军队长打死眯缝媳妇，点着了他家房子，收拾剩下的残兵败将投奔到浅根炮楼上。眯缝身份暴露，不敢回家，李尊德、李修德出面替他料理豌豆的丧事。没承想，当天深夜浅根炮楼上的鬼子和皇协军悄无声息摸进村，把李修德抓走了。四天后，村里派人将他面目全非的尸首抬回来。

炮楼上和八路的斗争白热化。文德回不来，朱先生也不再露面，银子把家托付给长工，关掉铺子回了娘家。

腊月里，银子娘突然找到李尊德家，说是来替本家侄女讨服打胎药。

李先生说什么也不肯："人命关天，造孽哩！"

"是积德，积德呢！"银子娘急赤白脸求告道，"李先生，你想想，一个大姑娘家没过门就生养，将来传扬出去还怎么做人呀？！"

"怎么做人？"李先生猛然站起，目光冷冷射在银子娘脸上，一字一顿说，"要知今日，何必当初！"

银子娘的脸青红不定，嗫嚅半天哀求道："他哥，你行行好，就给开服药吧！"

"惭愧啊！"李尊德长叹一声，像对银子娘，又像是自言自语，"上炮楼前，文德托我和修德替他照顾家。如今修德被害了，我……唉，对不住文德呀！"

说罢也不开药方，在柜台上啪啪啪铺开三张草纸，转身就去抓药。

三天后，银子娘家派人来报丧，说银子死了，得的急症——肚子疼，大出血。

胶皮大车

李老增一进自家场院，便对车把式老邢说，套上车，趁凉快咱去龙王庙土坯坑拉车土。

李老增家的场院在村南，隔着路就是他们家的庄稼地，去年冬天他已请阴阳先生看过，筹划着在场院对面再抬一座院落。

此时，太阳正向西山上空那抹灰黑色云层坠去，北坡垴上的炮楼突兀地矗立在余晖中。没有一丝风，树在炮楼顶上的膏药旗在燠热的空气里仿佛丧幡一动不动低垂着。老邢光着脊梁正坐在柳树下的石槽上抽烟，听了东家的话顿时把脸耷拉下来：拉土并不急在这一时！今儿午后，他先去坡脚割回来一担马耳朵草，一把一把铡成细细的草料；接着又到牲口棚起圈、垫土，这会儿气儿还没喘匀实。人大凡有点能耐就难免拿大，脾气见长。老邢是左近有名的车把式，出了名的自尊倔强，但他赶车技术好，知道爱惜牲口，赶了一辈子车从没让东家挑过不是，李老增正是相中了这一点，半月前私下找到他，许下每月两块大洋的工价硬是从殷村把他撬过来。"端人饭碗，看人脸色"，扛了一辈子长活有什么不明白的？尽管心里不痛快，老邢还是收起烟袋荷包，穿好上衣，麻利地拉出大车、理好绳套，把马从牲口棚牵出来。这是一匹英俊高大的年轻骒马，比当地寻常骒马能高出两头，一到院里就抖擞着油光水滑的紫黑色皮毛，"噗噗"喷着响鼻，修长矫健的蹄腿在地上不停踏来踏去。老邢举手亲昵地抚摸它脸颊，他的头才及至这马胸口。

这是个约六七亩大小的农家场院，东边是牲口圈、大车棚；北面一溜土坯房是长短工住处和存放农具杂物的库房；西边的空地是麦场，堆着刚从旱地里撒回来的玉茭棒子；麦场东边的房前有棵大柳树，树下有口水井，旁边支着饮牲口的石槽；西、南两面用土坯围墙圈着，两扇半旧的白茬木门开在南墙正中央。

"老邢，"李老增仿佛没看到老邢的脸色，冷不丁问道，"你信命不？"

"命……信呀。"老邢疑惑地看着东家，东家正笑眯眯瞅着年轻的骒马，那神情就像在瞧自家孩子。

"这事，不信还真不行。"李老增转过脸，郑重其事地对老邢感叹，"老话说得好：命里有时终须有，命里无时莫强求。有些物件，是你的跑不了，不是你的，到头来还得丢了。"

"嗯……就是，就是。"听话听音，老邢终于明白，东家还是在说这头牲口。

马的情绪平稳下来，老邢吆喝着开始套车。李老增跑前跑后给车厢装好荆笆，拿了镢头、铁锹坐到车帮上，老邢跳上车辕一甩红缨长鞭，马车驶出场院，拐上村西那条南北大道。这是一挂新车——车杆、车帮、车底全是清一色槐木；半尺来厚的胶皮车轮在闷热的空气中散发着一股特别的气味。到底身大力不亏，马车行走在布满干泥车辙的土道上，就像踩在棉被上，轻快得几乎感觉不到颠簸。此时正是收工时分，李老增端着袋烟不时和从地里回来或村边的乡亲打招呼。

"顺子，我昨儿个看了，你那块玉茭今年保准能收三石！"

"嘿嘿，增叔，还不是多亏了那遍水！"麦收后天旱，顺子借过李老增家水车浇地。

一个麻秆样的女人手里拿着个破葫芦瓢站在傍路的猪圈墙上，李老增戏谑道："四嫂，还喂呀，它可比你肥多了。"

"嘻，它比人还有良心，有人净让媳妇白喂养，也不见他长膘！"那女人转过身高声大嗓地回应道——李老增是个瘦高挑儿。

"呵呵呵……"李老增笑着和她对骂，"咱俩还不是鸡巴半斤八两！"

本家二爷弓腰背着一挎篓玉茭穗走在路上，他让老邢把车停住："二爷，捎您老一段？"

"增啊，不用了，几步路的事。这马成咱的了？"

"呵呵，是咱的了。"

"好！好！"老头抬起胡子拉碴的脸，夸张地自豪道，"二爷要用，不求人啦！"

"那是，那是。"

路东玉茭地里有人"哗啦哗啦"扒拉着玉茭叶子找寻嫩棒子，李老增看了一眼赶紧掉转脸——那是他叔伯弟媳妇银子，地是别人家的。

车往前行，李老增看到身后有人专门跑到路上俯身察看胶皮轱辘碾过的痕迹，拿牙咬着玉石烟袋嘴儿绽出一脸满足。

都崀村在华北平原西南边缘，这条大道西边紧贴村庄，路东则是葱葱茏茏一望无际的玉米、高粱、黄豆、花生、芝麻、山药地……道路与村主街交叉口宽敞处有座奶奶庙，原来的庙宇毁于火灾，筹不到钱重建，人们就垒起个小庙，虽说比蜂房大不了多少，却一年到头香火不断。老邢眼尖，远远就看见一个红衣黑裤、约莫十三四岁的女孩立在小庙旁，直勾勾盯着驶来的马车。走到近前，拉车的骡马看到她竟放缓脚步嘶嘶打着响鼻想走过去，老邢果断地挥鞭向右虚抽一鞭，骡马发出一声低鸣，很不情愿地回到路中央。那女孩咧着嘴笑起来，手里一块什么东西跌落到脚下。李老增听见鞭响扭转头，看见那女孩的绣花鞋旁滚动着一块玉米面窝窝。

"小北瓜是在看咱家的牲口。"又往前走了几步，老邢说，"这些天，有事没事她净去场院转悠，还喂牲口窝窝哩。"

李老增听了心里"咯噔"一惊，脑子里冒出的头一个念头就是：窝窝不会有毒吧？但他随即又打消了这个想法——毒害牲口她不会当着老邢。那是留恋不舍，还是……心里琢磨着，嘴上却淡淡说："看就看呗，还能看走了？"

"看不走。"老邢不高兴地说，"就是叫人心里别扭。"

李老增把烟袋锅里的烟灰磕到车外，没再言声。这是一个年近五十、赤红脸膛、身板精瘦的庄稼人，家境原本就不差，自从儿子李尊德几年前开始行医，家业眼见着生发起来。暗里又是买地，又是添置大车、牲口、水车、碾磨、农具……如今正筹备再抬一栋两进院落的新庄火，俨然已是都崀村首富。但要单看穿戴，却还不如老邢整齐。

这匹健硕的骡马就是李老增半月前从小北瓜公公延永祥手里买下来的。

当地的大车大多是一辕两梢三匹牲口拉套，延永祥家的大车就这一匹骡马。遇到坡坎河滩，别的车把式啪啪挥舞鞭子，抽了拉梢的再抽驾辕的，三匹牲口弓肩努背，使足力气才能过去；要是载重攀爬陡峭长坡，车把式不得不跳下车，或推或拉还要帮着出把子力气。每逢这种时候，延永祥就停下车点上一袋烟，站在旁边悠闲地看景致。等人家的车上去，他迅速将烟袋荷包缠起来别在腰里，跳上车辕把鞭一挥，也不见那马怎么使劲儿，咻咻就爬上长坡。

好家伙！人们禁不住喝彩！

延永祥家这匹骒马是方圆几十里一景——走到哪儿都围上一群人来，人们稀罕这英俊矫健的牲口！有了这份体面，延永祥便趁着冬闲，请来好木匠精心打造了一辆轿车。逐渐，方圆几十里有头有脸的人家过喜事、走亲访友、接送贵客就都来雇他的轿车。于是，延永祥的轿车在这一带成了一种规格和待遇！

手里攥着几十亩地，不缺零花钱，日子自然比别人殷实活泛。闲在的时候，延永祥常为自己当年的打算暗暗自得：四年前的春末，驻石门的东北军691团骑兵连在他们村操练，吃了他家整整一垛谷秸。开拔前长官上门来付钱，延永祥不要，提出让他们没来得及骟的那匹蒙古儿马给自家的母马配个驹顶账。长官被这古怪要求逗得大笑不已，一时间这事成为乡里人挂在嘴边的笑谈。但过转年，人们的笑话变成叹服——他家母马产下了这头神骏高大的骒马。

李老增望着庙旁的小北瓜，心里沉甸甸地仿佛压上了个秤砣。他知道，这小女人不简单！村里女人们只看表皮，背后挤眉弄眼说她长得俊、会打扮。她们说的俊也就是穿戴整齐、长得白吧？想到白，李老增忽然意识到刚才看见小北瓜的脖子扣没扣上，连脖颈都露出来，继而又觉着她似乎一年四季都敞着脖扣，这么想着脸上不禁一热。再去看时却不见了小北瓜，眨眨眼，小北瓜明明就站在小庙旁。接着小北瓜像变戏法：一闪身进了庙，又一闪身从庙里走出来，冲着他嫣然一笑 ——这幻觉惊得李老增泛起一身鸡皮疙瘩——那庙明明连个半大孩子都盛不下！

对小北瓜李老增并不陌生。北瓜爱找他三闺女如真玩，如真好说，回到家呱啦呱啦不断讲小北瓜一些笑话。小北瓜是西边山里人，也是正经大户人家孩子，但一年间爹娘竟前后脚去世。姐姐嫁在距都扈二十里外的聊村，比她大一轮。打听延永祥家境好，就自己找上门做媒，要把妹妹嫁给延永祥的儿子延振明。振明性格内向木讷，患有羊角风，二十多岁还没成亲。于是，两下一拍即合，延永祥出了一百二十块大洋的彩礼，给儿子成了家。老邢原来在聊村扛长活，过来后说聊村都在笑传，小北瓜姐姐独吞了娘家财产，还把妹妹给卖了。小北瓜前年正月嫁过来，家里有馒头、馃子不吃，说："俺吃鸡蛋糕！"惊得婆婆一连倒退两步，瞅着她像碰见妖精。鸡蛋糕！娘啊，生病、走娘家她还舍不得买一回呢。晚上躺在枕头上，就把这话学给延永祥。延永祥沉默半天，说："买吧……到底还是孩子。"

二月二，延永祥晚饭时烫了壶酒，小北瓜看到说："俺也想喝哩。"

一家人停住筷子瞪着她。振明说："别、别，辣哩。"

小北瓜咽了口唾沫说："香哩。"

延永祥说："你会喝？"起身拿来个酒盅。小北瓜自己斟上，嗞地喝了，再斟上又一口喝干，连喝了三盅，说："这是山药干儿酒，不如高粱酒好喝。"

"天爷！"婆婆拍着大腿失口惊叫。睡到炕上就跟延永祥说，"这媳妇趁早退了吧，咱养活不起。"

延永祥叹了口气，说："唉，你儿子要争气，能等到现在成家？凑合吧！"

这么个小人儿还知道去听婆婆公公的墙角！这些事从如真嘴里学说出来，李老增只当笑话听。小北瓜给他的印象是说大人不是大人，说孩子不像孩子，没规少矩，透着股子说不清道不明的邪性。

延永祥两口子不知道，李老增当然更不知道，自打姐姐出嫁，爹娘跟前就剩小北瓜这么个老生闺女，她爹既把她当女儿宠，又拿她当儿子养，赶集上庙、进城看戏领着她，串亲访友也带着她。做买卖叫小北瓜谈价过秤，进饭铺由小北瓜点菜结账，家里来客小北瓜也上桌相陪。爹娘本想将来招个倒插门女婿，让她给自己养老送终。不料命运多舛，老两口染上时疫先后归天。小北瓜针线营生一样没学会，倒像个游手好闲的纨绔子弟。

然而，不久前发生的事改变了李老增的印象。

七月十三，他、儿子和两个长工正在院里梨树下吃晚饭，妇女孩子们散在屋里屋外等待着，等他们吃完才上桌——这时，小北瓜无声无息出现在饭桌旁，手里攥着半块窝窝，让人觉得她正吃着饭不得不来，连手里的窝头都没来得及放下；或是慌里慌张扒了一口饭，就急急忙忙来找如真玩。李老增媳妇看见她，从杌子上站起身说："北瓜儿，找尊子？"

尊子就是她儿子李尊德，从真定中医学校毕业后，在当地行医出了名，人称李先生。

"不。"小北瓜愣儿吧唧一指李老增，脆生生说，"俺找东家。"

李老增一愣，和老婆对望一眼，狐疑地瞪着小北瓜："你……找我？"

小北瓜说："你买不买俺家的马？"

李老增心头一惊，头发根都抟挃起来："你、你家，要卖……那匹马？"

"嗯。"

"你爹哩……这大的事，他咋不来？"

"俺能做主。一口价，四十块大洋。买不买你明个儿给俺个回信儿吧。"

这时，如真从屋里跑出来叫道："北瓜儿，今个儿月亮好，晚上咱玩唱戏吧？"

"俺不玩，俺爹病着哩。"小北瓜答应着走出他家大门洞。

一院子人愣在那儿。李老增蒙了，脸皮麻酥酥的没了知觉。倒是他媳妇先明白过来，问儿子："尊子，你说说，永祥的病到底咋样？"

延永祥家被土匪砸了明火，他躺倒在炕上一个来月了。

听见娘问，李尊德站起身说："病是连气带吓弄的，要说，不能算重……"思考一下又道，"不过也难说，这病要看心量。心量大，想明白了，躺一阵子就好了；要是心眼窄，积郁成疾，神仙也束手无策。"

"嗯。明个儿，"李老增媳妇对老头儿说，"明个儿你去看看永祥再说吧。"

"说得轻巧，怎么看？"李老增瞪着眼，抢白似的问媳妇。

李老增媳妇扑哧乐了，她清楚老头子那点子心思，怕捉不到鸡反丢把米，当着长工故意爽朗地说道："乡里乡亲的，就没这事也该去看看。明个儿，我上银子那儿称上斤鸡蛋糕吧。"

这年夏天，日本人先是攻占了北平、天津，开始人们还当故事说，刚过仨月鬼子兵就出现在眼前，不但攻陷了真定、石门，还在都扈村北的坡垴上修建起一座巍峨的炮楼，战争突如其来闯进人们的生活。兵荒马乱，办喜事的反倒多起来。当地风俗一般都是把喜事安排在正月，图正月人们吃得好，肚里有油水，不糟蹋席面上的吃食。但赶上战乱，就顾不得这些，有闺女的人家恨不得早一天把闺女打发出门，越是大户人家越心急。这一来，延永祥的买卖更好了，雇他的轿车还得预订。前一段，县城瑞祥布店掌柜家娶媳妇，延永祥心里高兴，多喝了两盅喜酒，听撺掇的伙计议论完时局，开始夸赞他的马，忍不住敞声说："明年，赶明年咱换辆胶皮大车！"胶皮大车，那是只有石门城里才能见到的物件，还是那些数一数二的大老板花高价从平津购置或是从军队淘换来的。几个伙计听了，你看我，我看你，顿时语塞。庄稼人本是有十说一的主儿，话一出口延永祥就后悔了，回到家一连几个晚上睡觉都睁着眼，枕头下放着切菜刀。十多天过去，紧张不安的心渐趋平静，夜里能睡个囫囵觉了，不料一个风清月朗的下半夜，十多条蒙脸汉子从房上摸进他家，用刀拨开他住的北屋门，延永祥和媳妇还在睡梦里就被堵上嘴赤身裸体捆绑了扔在地上。领头的来到西屋门口拍着门朗声说道："少掌柜和少奶奶也起来吧。"屋门一开，几个汉子一拥而入，把瘫软在炕上的振明也堵了嘴，绑住架到北屋。领头的是个四十来岁的汉子，五短身材，素面朝天，一双三角眼冷冷直盯睡眼惺忪的小北瓜。小北瓜认出，他就是前两天来村里的那个货郎，那天婆婆把他叫到家，用攒下的头发换了几根洋针。

小北瓜对如真说，认出来她心里就全明白了，嘴上却敷衍道："好汉与俺当家的往日有仇？"

那汉子摇着头淡淡说："无仇。"

"近日有冤？"

"无冤。"

"那今儿个是……"

"兄弟们想往南边去逃难，手头紧，来找当家的借点盘缠。"

"就为这呀？"小北瓜笑起来，"好汉只要答应不伤害俺的人，我把藏钱的地方指给你。"

说罢，不错眼盯着领头的。

那汉子看看小北瓜，又看看周围的弟兄——他不知道这妮子缺心眼还是在耍心眼。凭经验，乡下这些肉头主儿辛辛苦苦攒下的钱，一枚枚都穿在肋条上，从没遇到过眼前这情景。他狐疑地打量着小北瓜："少奶奶，此话当真？"

小北瓜一脸郑重："起不出钱，你剐了我。好汉们还没吃饭吧？"

"不忙。"领头的从腰里摸出把杀猪刀，去圈椅上坐下，只管用拇指试着刀锋。

"钱财不在东厦子里的旧驴槽下，就在二道门过门石下。"小北瓜像给来他们家打工的短工派活儿，说："你们起钱，我去做饭。"

领头的一扬下巴，两个蒙面人跟定小北瓜，另外几个分头找家伙去起钱。不多会儿，就听一阵银圆落地的叮当声和压抑的欢呼传来："有了！有了！"。

"少奶奶是个人物儿！"领头的不禁对这个小娘们儿刮目相看。

一个蒙脸汉子进屋低声报告："在驴槽下找到的。五十两的银元宝两个，大洋六百四十块。"

领头的汉子嗅着锅台飘来的油香，笑眯眯吩咐道："找三个布袋把钱分开装上……嗯，留五块大洋给少奶奶花销。给老少当家的松绑，带上饼咱走人。"

"是不是……请老东家送咱一程？"报账的问道。

领头的掂着杀猪刀走到北屋，打量着地上那过水泥胎似的三口儿，对赶上前来的小北瓜说："少奶奶，咱们……别费这事了吧？"

小北瓜挓挲着两只面手，干脆地说："不用。权当俺当家的这些年给人扛了长活。"

"好！"领头的一翘大拇指，打开大门带着弟兄们扬长而去。

从灯明里望去，整个家变得就像洞彻的大门口一样空洞。

"祥叔——祥婶——"过了半天，几个邻里男人手持棍棒、粪叉小心翼翼走进院来，"刚才听着有动静哩，俺们怕有啥事，过来看看。"

刚刚穿好衣裤的婆婆"哇"一声哭骂道："败家的东西呀，可把俺坑……"延永祥在背后拧了媳妇一把，像按上消息机关，哭声立时止住。他走到院里冲邻里拱拱手说："来了几位熟客。没啥，没啥，大家回吧，回吧。"

几个邻里讪讪说："没事就好，没事就好。"东瞅西看着去了。

公公闩上大门，回过头盯着木头一样戳在那儿的小北瓜问道："北瓜儿，你怎么知道俺藏钱的地方？"

"……猜哩，你和俺爹一样，闲下来爱瞅着那地方抽烟。"

"你个丧门星！"婆婆披头散发扑向小北瓜。

公公抬手拦住她，肉疼地哭丧着脸说："腰窝油让人挖了啊，不是给人扛了长活是什么……不过，今儿个是北瓜救了咱一家的命。你没见一个个蒙着脸，为啥？熟人，怕认出来哩。咱这地界，啥时候闹过土匪？明摆着都是左近的人，不杀咱灭口就算万幸。要怨，就怨我这张破嘴！"说罢，"啪"抽了自己一记耳光，一头栽倒在炕上。

事件的始末，小北瓜只对如真一个人讲过。

"'祸从口出'，这老话真是丁点不差。"马车向西拐进庄稼地中间一条杂草丛生的窄路。李老增到底没想出小北瓜去场院看牲口、喂牲口是为吗，一路上给老邢从头至尾述说起前不久延永祥家发生的事，末了感叹道："老邢，你走南闯北见多识广，永祥家这事你说怨谁哩？永祥一辈子勤谨，他要不炫耀、不露富，哪会出这种事儿？他打自己，不屈！"

老邢心里猛一抽，生出一种说不清的滋味。来都崮前他既认识东家，又认得延永祥。他来接李先生去给原来的老东家瞧过病；在路上、在集市和延永祥更是常常照面。延永祥总是一口一个"邢老板"，满脸谦恭。老邢光棍一人，到集市常点俩菜要壶酒，延永祥则永远是要碗饸饹面，就着自己带的干粮吃。有一回，老邢见延永祥带的发面饼都长了绿毛，说老延这还能吃？延永祥赶紧拿手拍着饼上的绿毛，笑容可掬地说，没事哩，没事哩，能吃。老邢回回给人讲起这个笑话都不忘缀上句：这样的人当不了财主才怪哩！却是瞧不起的意思。要是冬天，延永祥也爱喝两口儿，但都是自带的山药干儿酒。看见老邢就尽让，邢老板今儿个喝我的吧！老邢说，甭客气，你喝，你喝。他嫌那酒烧心、上头。

"老延那是让酒闹的。我知道，他量浅。"沉默半天，老邢接住东家的话头说，"其实，老延是个本分人。"

"这话不差，酒一乱性，嘴就不把门了。"李老增笑道，"他是摸着不花钱的酒喝，忘了自己的斤两！呵呵呵呵。"

李先生行医前他们两家家境原本不相上下。尽管老邢瞧不上延永祥的抠唆做派，但这会儿反倒满心同情惋惜——他清楚，那钱财一分一厘都是血汗换来的，是从牙缝里挤出来的。他觉得东家的话不但刻薄，更有一种扬扬自得，心中不禁升起替老延打抱不平的义气。半天，憋了憋那口气叹道："人哪，祸福无常。"

这季节，广袤的华北平原上空充盈着秋庄稼成熟的气息，这味道让庄稼人心里舒坦、受用。李老增没有注意到老邢的神态和语气，自顾自地说："天下万事都讲个缘分、论个该着。691团张团副家三代单传，太太就是怀不上孩子，看了多少先生都不顶用。把尊子请去，尊子看过没让他媳妇吃药，却让他自个儿吃，吃了三个月媳妇就怀上了。人家备了份厚礼要来答谢，我说，要是能给弄副胶皮车轮就好了。尊子把这话捎过去，这不，人家二话没说就派当兵的给送了来。虽说不是新的，但毕竟在咱这左近算头一份！我呀，其实是临时想起永祥那句话，随口一提，不承想还真就到手了——这就是该着。比如你我，半月前你还在聊村哩，有了这匹马、这挂车，如今咱就一个锅里抢马勺了，这不就是缘分！呵呵呵……"

老邢听着，回想起这些天东家有事没事地喊他出车，怎么想怎么觉得事事处处都透着显摆的意思，脑海里猛然蹦出那句俗话：说嘴落嘴。这么一想，惊得他心里咯噔一跳！李老增见老邢没搭腔，终于体会出不是味来，顿了顿说："老邢，你别嫌我张狂。要没尊子我也不敢提胶皮车轮这回事。人吃五谷杂粮谁不生病？跑了的国军，西山的八路，就连北坡炮楼上的算在内，谁敢担保不闹个头疼脑热呢？人啊，说话做事预先都得掂量掂量，你说是不？"

"那是，那是。少东家各处都耍得开。"老邢打量着庄稼地上空漫过来的雾霭，心里一阵不安。他掩饰似的甩个响鞭，马车一溜小跑驶进土坯坑。

土坯坑原来有座龙王庙，周围是庙里的公地，庙不知哪年哪代毁了，只留下空名儿，村里人用土、打坯就到这儿来拉土。老邢刹住车，抄起镢头就去刨土，李老增撤下车厢后荆笆，一铁锨一铁锨往车上装。一时无话，日头落入西山顶上那抹灰黑色云层，云层边缘如同镀了金一般耀眼。数不清的秋虫儿在四下里长长短短叫成一片。

"老乡。"两个人只顾干活，谁也没有留意不知何时身边多了个人，见他们直起腰，那人问道，"炮楼上的人这会儿在不在你们村？"

问话的三十来岁，庄稼人打扮，但他们不认得，显见不是附近人。李老增实话实说："不知道。我们出来的工夫没看见。"

嘴上说着，李老增心里猜想，这人不是国军就是八路的探子。那人在他们注目下走到玉米地边思量着什么。李老增忽然想起在人家玉茭地里寻嫩玉茭的银子，银子在村里开着个茶馆，她撤玉茭给谁吃呢？莫非……就在这工夫，那人掏出一把盒子枪冲村里方向"砰砰"放了两枪。正在低头啃草的马一惊，发出一声尖厉的嘶鸣，李老增抢上去一把抓住它的笼头，大声喝道："吁吁！"还没等它平静下来，村边骤然响起一阵枪声，飞过来的子弹打得玉米叶子噼啪乱响。老邢扑腾趴到刚刚挖出的土坑里。马惊了，拉起大车就跑，李老增被拖得一个跟跄跪到地上，嘴里高声大喊："吁！吁！吁！"他怕子弹打伤马，挺着上身死死拽着笼头往下拉，想让马跪到地上。马拉着多半车厢土，拖着他挣扎着向前奔跑。爆响的枪声中，子弹嗖嗖从玉米地里穿过来，老邢听见"哎哟"一声叫

他怕子弹打伤马、挺着上身死死拽着笼头往下拉. 想让马跪到地上。——胶皮大车

唤，就见东家脑袋耷拉下来，两手抓着仰起的马笼头，如同一袋粮食软塌塌挂在那里，紫花裰子背后一片黑红色印迹越来越大……

枪声住了，马惊悸不安地停在玉米地边。老邢爬过去掰开东家的两只手，东家就一头跌倒在他怀里，两眼闭着，血从嘴和鼻子里不停冒出来。老邢脑子里"嗡"一响，使出吃奶的力气把东家抱进车厢，赶起马车就向村里跑去。车厢没装后荆笆，土像瀑布一样从车后沿路撒下来。

小北瓜和几个男孩正在奶奶庙旁寻找子弹壳，看见老邢赶着狂奔的马车拐进主街，一个人一动不动蜷缩在车厢里，他们就跟在车后拼命追赶。跑着跑着小北瓜停下脚，猫腰用手指去地上一蘸，指头被热乎乎的血染红了，她盯着那根指头顿时呆愣在街当中……

暮色中，一团男女混杂的哭号声骤然在村中响起。

母亲的不安（二则）

一、入　党

母亲六十多岁了，退休后和哥哥一家住在县城。

县城距省会不过百里，母亲却不愿来市里和我们住——她患有心血管病，害怕爬楼；嫌周围净是生面孔，找不到说话的人儿，忒闷得慌——母亲属于那种爱说爱笑的人，这是她大半辈子在乡镇做农村工作养成的习性。母亲每年会来我家两三次，看看孙女，检查检查身体，住上十天半月。

母亲一来，我家就明显整洁起来，连煤气灶都能当镜子。她是做惯活的人，但凡有精神，手脚就不肯闲着。

我唯一孝敬她的方式就是晚饭后和她聊天。

有一天，电视上播出一条乡镇合并的新闻。母亲突然说："世上很多事情就像烙饼，总是翻来覆去地。一九五八、五九年吧，城关乡改成了城关公社，附近的几个乡改叫管区，几个管区并成一个公社……你还记得姚金生不？"

我说："记得，记得。大头，灰发，矬胖子，好像一年四季都戴着顶灰帽子。"

母亲说："那时候大炼钢铁，公社把管区的干部都抽调到工地，我当时在西营管区当秘书，因为正怀着你哥哥，就成为唯一的留守人员。到秋天，工作忙不过来，公社派姚金生来当代书记。那一年县里要放卫星，油料征购任务高得出奇，老姚天天泡在下面一个村一个村去挤，最终还是没完成。公社通知他去开会，到第三天还没回来，我打电话去问。公社秘书是我当年团干校的同学，哦，就是你苏秀阿姨。苏秀说，老姚回不去了，公社正给没完成征购的几个管区书记办学习班呢。老姚是重点，宋书记都跟他拍了桌子，说什么时候完成征购，什么时候回去。完不成怕党籍都保不住呢。

"我一听就慌了，我们管区是公社的主要油料产地，宋书记是南下回来的老干部，执行上级政策从来不打折扣。第二天，我擅自召集管区几个村的支书来开会，大家都急赤白脸表白，说真的是盆干瓮净了，没敢打一点埋伏。我说这回老姚的书记是保不住了。

"支书们一听就乐了，说这个鸡巴老姚，真是一根筋！

"我说，怎么办呀？

"他们你看我，我看你。最后说，看全国这形势，就是免了老姚的代书记也免不了征购，缴呗。

"我们管区的人真厚道。第二天，各村就把种子送到公社，顺便将老姚接回来。

"晚上，几个村支书带了点腌咸菜、两瓶薯干酒聚到管区，说是给老姚压惊。

"老姚不领情，瞪着眼骂骂咧咧说：'狗日的，真不是东西！你们都他娘的打埋伏，让老子去挨整治！'"

"支书们说：'老姚，你别狗咬吕洞宾，不识好人心！你可是我们拿油料种子换回来的。'

"老姚听了一愣，脸色陡然红涨起来，'啪'一拍桌子，跳着脚骂道：'狗日的，你们昏头了！缴了种子明年让群众喝西北风呀？！'

"支书们说：'走一步说一步呗，这形势，不缴行吗？'

"老姚说：'你们没跟公社说是种子吗？'

"大家七嘴八舌说：'敢说吗，说了人家还要吗？！'

"老姚顿时语塞。

"他们开始张罗喝酒，我就回宿舍休息了。大约过了一个多小时，听得那边安静下来，我以为散场了，想过去收拾收拾。一进门，就见老姚单膝跪地，拿头在墙壁上顶着一只蓝花大海碗。几个村支书屏息敛声站在他身后。

"我吓了一跳，惊诧道：'这是干什么？'

"这一问，支书们哄然笑作一团。东寨村的支书王有根笑得搂着肚子从里屋走出来。

"望着一个个东倒西歪、乐不可支的村支书，老姚这才感觉不对劲，明白又挨了这帮家伙捉弄。他指着王有根笑骂道：'这王八蛋说他会隔墙取碗，说得跟真的一样。要是他小子真有这份能耐，我就让他把上缴的种子取回来！'

"笑声戛然而止，变成一张张尴尬的脸。半晌，王有根虱点着老姚说：'你呀你，真他娘的像老彭！'"

"真把种子缴了？"我问母亲。

"缴了。"母亲说，"第二年我们管区八个村一亩油料作物都没种。不久，公社党委批准了我入党。苏秀悄悄给我打电话说，宋书记在党委会上说，书记完不成的任务，一个小秘书完成了，这就是最好的表现！

"为争取入党，那些年我风里雨里那个干呀，没想到却这么入了！什么时候想起来心里都觉着有点那个……"

母亲说完，一晚上再没说话。

二、写 生

我们小区与几所高校相邻，人们通常把那一带称作"高教区"。

大学生勤工俭学多是做家教，定时到学生家辅导。师大美术系的学生则办美术班，招收一二十个小学生，利用周六或周日教孩子们简笔画、国画、水粉画，有的也教素描和写生。我女儿这学期上的就是素描写生班。他们有时在教室上课，有时年轻的大学生则带着他们去附近的花卉市场，画些花草、奇石。画完老师再逐一点评。

一天，女儿上课回来特别兴奋。不用问，肯定今天的作业得到了老师好评。终于，她忍不住打开画夹向我们炫耀起来。我探过头去，画面是一块奇石、三四片兰草叶子。原来，老师今天就表扬了她一个人。母亲放下手里的抹布凑过来，一看之下禁不住连声夸赞："哎哟！像，像，画得真像！"说着，从女儿手里接过画夹细细端详，然后又去一张一张地翻看。看着看着，母亲说："我知道，这叫写生。"

"哇！奶奶还知道'写生'呀！"

这时，不仅女儿，连妻子都异样地望着母亲笑起来。

"就是叫写生。"母亲生怕别人不信似的一脸认真地说，"有人去咱老家的山里画过。"

我老家叫鲤鱼川，在太行山深处，山峦连绵，峭壁林立。汦河从山间蜿蜒而出，但多数时间你看到的是裸露着鹅卵石的干河滩。只有雨季洪水过后才有几个月流水，却又把倚山傍河的公路冲得七零八落。早些年，省里几所高校美术系的师生夏秋季节时常来这儿写生、作画，就吃住在农家。渐渐竟有了名气，节假日省城就有人开车来游玩。县里看出苗头，投资进行了开发，如今那里已打造成为国家级旅游区。

"你还记得不？"母亲合上女儿的画夹，转向我，"那是一九六几年呀？都入秋了，上级第一次发放毛主席像章，贫农家庭一家一枚。那可是件大事，上午接到像章，下午公社全体干部就分片包村，敲锣打鼓地冒雨送到各村。那几天一直在下雨，紧一阵慢一阵。你也就四五岁，前两天洪水暴发把汦河上的简易桥冲毁了，去不了对岸的保姆家，因此让我留在公社守电话。"

只有秋天我能感觉出家乡的美来。深邃的天空一碧如洗，洁白的云朵丝丝缕缕，如幔似纱。夜霜不知不觉间把高高低低的山峦染上红黄相间的彩色，一经秋雨洗过，就如油画一样浓烈鲜明。极目远望，那斑斓的山峦的绝顶又叠罗汉般陡然拔起一层、两层或三层直立的粉红色峭壁，鲜艳而壮丽。若逢阴雨连绵洪水暴发，绚烂多彩的远山上还会垂下一条条瀑布——喷涌而下的泉水如银河般无声飘落。这时候贫瘠、穷苦已不存在，唯有巍然、灵秀充盈在心间……

"你忘了？那天为要到一枚像章你闹得死去活来，嗓子都哭哑了，直到南庄的王小朝带着两个民兵押着那个人走进公社……"

王小朝是南庄村的民兵连长，眼睛斜视，看你的时候就像看别处一样；不知道他从哪儿弄到一把日本指挥刀，那可是真家伙，公社民兵演习时他常常把刀插在腰带里背在背上，比拿驳壳枪的武装部长李天青还威风哩！

"那人身上打着补丁的蓝衣蓝裤已被雨水淋透，脚上的胶鞋也磨破了，留着一头长发，看上去有二十来岁，被五花大绑着。"母亲给我详细描述着，希望我能回忆起来。

"王小朝带没带那把刀？"
"刀？……什么刀？我不记得了。"母亲愣了愣说。
我想王小朝肯定没带那把刀，要带着的话我兴许能记起来。

"那两个民兵一人背着一杆步枪，王小朝披着块雨布，背着那个人的军挎包。"

——那天，王小朝首先交给母亲一封信，是大队革委会出具的。说抓到一名特嫌，带有军挎包，内装大笔记本一个、割纸刀一把、一盒火柴、三支铅笔，拒不交代身份。王小朝说，中午时分接

到群众报告，说发现村后北山上升起一股炊烟，因为天阴着，看得格外清楚。那里有一个山洞，老辈子住着一个孤寡老人，遇到鬼子进山"扫荡"，驻在他们村的八路军专署机关就常常转移到那儿去。这几天下雨，没人上山干活，他就起了怀疑，带着几个民兵摸上去，就见这家伙正在烧玉米吃，火堆旁还扔着些棒子皮、棒子芯。问他是哪儿人不说，问他是干什么的，他说喜欢山上的风景。

"你看看他的本子。"王小朝从军挎包里拿出一个黑色漆面的大笔记本，里面一页一页画满了山峦、树木、村庄，也有单一的树枝、岩石。画面乱乎乎的，却也依稀分辨出是南庄村周围的景象。

"他画的是俺村的地形图。"王小朝小声跟母亲说。

母亲看了那人一眼，他正紧张地盯着他的本子，遇到母亲的目光，如同被烫了一般躲闪开。

"你是干什么的？"母亲问他，"你本子上画的是什么？"

那人抬起头，涨红着脸，一副害羞的模样。

"他不说，问死也不说，肯定有不可告人的目的。"王小朝说，"不行，咱就把他送到县上去。"

仿佛被王小朝这句话击中，那人紧张地抬起头，望着母亲吞吞吐吐说："我……我想单独……和你谈谈……"

母亲好一会儿不知如何是好。她看了看王小朝，王小朝也正看着她。突然，王小朝转向那人，高声训斥："你休想要什么阴谋诡计！"

那人哀求的眼神执拗地望着母亲。好久，母亲说："你们去门口待一会儿，他跑不了。"

王小朝他们迟疑了一下，走到门外。

大约不到十分钟，就听王小朝在门外兴冲冲叫道："李部长，你可回来了，我们抓了个特嫌！"

话音刚落，王小朝和武装部长李天青一同走进办公室。王小朝又把抓人的经过叙说一遍。李天青夸赞他警惕性高，让两个民兵把那人押到院里，转过头问母亲："他都交代了些什么？"

"他说，他是邻县的知青，自幼学习画画，这次是请假回城伺候住院的母亲，母亲出院了假期还未完，就到我们这儿的山上来画画。不巧碰上连阴天，把带的干粮吃完了……"

"就这些？"李天青问母亲。

"他要求我们放了他，好让他按时赶回知青点参加生产劳动。"

"白秘书，你说他说的是实话吗？"李天青盯着母亲的眼睛闪着绿光。

母亲说，李天青怀疑你的时候，他的眼睛就变得绿油油的，让人想起潜伏在夜里的猫。

"这……我不好下这个结论。"母亲忽然有些慌乱，"你是武装部部长、革委会成员，这事你处理吧。"

李天青没再言声，去办公桌上一页一页翻那个黑本子。终于他抬起头说："我觉得小朝的怀疑不能忽视。就算不是特嫌，撕生产队的玉米吃也是破坏生产。就算他说的是实话，母亲病好了就应该及时赶回知青点，私自跑出来活动，说明他觉悟不高。喜爱画画……一身小资产阶级情调！这样吧，我们电话联系一下，由小朝他们把他押解到县武装部，如果他说的是实话，武装部会将他移交邻县知青办处理。"

母亲迟疑了一下，说："你决定吧。"

李天青带着王小朝他们来到公路上，截住煤矿一辆拉窑木的卡车，就把那人押走了。

"实际上那孩子跟我说了实话。"母亲说，"他父亲是一个画家。他从小就爱好画画。他是谎称母亲住院，请了假出来写生的——我就是从他那儿知道了这么画画叫写生。他哀求我放了他，不然肯定会受处分！我是真想放了那孩子，可我敢吗？王小朝是个愣头青，李天青是有名的造反派……"

半晌，母亲像是问我又像自语："你说我当时能放他走吗？！"

外　面

1

王文校刑满释放回来正是麦收时节。

两天后，在烈日下抢收的男女社员看到他满头大汗、挑着沉甸甸一担土从村西走过来，就知道他正为修缮那三间破旧的土坯屋做准备。等他走到近前，地里的人们全都停下手上的活儿，直起腰和他打招呼：

"文校，等忙过麦口儿借队里一辆双轮车拉唄。"有人给他建议。

"看样子这苦头儿还没放下！"有人望着那担土有点夸张地赞许。鲤鱼川人把能吃苦耐劳、干得重活称为"苦头儿"。

"嘿嘿，这肩膀有些年头没放这么重的担子了。"文校把担子放在路上，擦了擦汗和人们攀谈起来，"我先担着吧，等麦收忙过再借车拉。"

"赶紧吧，再不修你那屋就该塌啦。"

"可不是哩，里墙外墙和房顶都得上遍泥。"

"还认得这都是谁不？"

乡亲们七嘴八舌和他搭话，那情形不仅没有丝毫嫌弃或歧视，更像面对一位打远方归来的游子。文校呢，也没有任何尴尬、扭捏或羞涩。他问一个大姑娘："这是花梅吧？可认不出来了，我走的时候才这么高，还是孩子哩。"他用手比画着刚及腰间的高度。那神情、语气好像这些年他不是在监狱劳改，而是去遥远的什么地方当兵或工作来着。

房屋不怕陈旧就怕空闲，一旦闲置起来，漏雨化雪、潮湿闷捂会使梁、檩、椽朽烂，屋顶塌陷。位于学校西侧的那三间土坯西屋，还是父亲当年给王文校留下的。这么多年没人居住、维护早已墙皮脱落，破损不堪，房顶上浓密的杂草足有半腿高，仿佛衣衫褴褛、头发蓬乱的叫花子。要是有条件的人家一定会重新翻盖，王文校显然没这条件。好在他光棍一人，用上好的泥土掺上麦秸，将屋顶墙皮重新抹过，不跑风漏雨也就足以存身了。人们觉得只能是这样。

2

仿佛寡淡生活中摆上了一碟咸菜，王文校成为人们田间地头和饭场闲聊的主题。

王文校上一辈并不是当地人。王阿坪闹土改那会儿，他爹王长毛刚到老侯家当长工还不满一个月，却因此分得了一份果实。

王阿坪位于鲤鱼川西部的太行深山区，翻过村后十里外那座悬崖耸立的大山就是山西省。百余里长的鲤鱼川两边山峦逶迤，槐河流淌其间，到了王阿坪山峦回环起伏，形成一个盆地样格局，村落靠山面水，阴阳先生走到这里都夸好风水！当年，村里的大地主侯家号称：从王阿坪到北京，不住别人家店，不喝别人家水。王长毛分到的就是侯家一座外宅，结结实实五间砖石结构的槛檐房，桌椅箱柜一应齐全。他就在这里娶妻生子落了户。

王长毛在原籍地无一垄、房无一间，不是在东村就是到西村打短工，整年流落在外。落户王阿坪后人们发现他有个奇怪的习惯：爱赶集上庙。每逢集日庙会，不管农忙农闲一准儿要去。有时挑上一担木炭，有时扛上一捆荆条儿，有时则背上两三根椽子……实在没东西，空手也去。这习惯令王阿坪人既感到好笑又惊讶不已——不明白他那么乐意往外跑究竟为的啥。人们在外奔波无非是为居家过日子，而王长毛乐此不疲地向外奔跑，却是全然不管不顾家里，好像就为图热闹、看景致。这在庄稼人眼里可不是过日子的来头。终于有人看不下眼，就问他："长毛，你不买不卖赶集上庙为个啥？"

王长毛两眼像牛一样温和、无辜地望着那老人，半晌说："我去看看行情。"

"不买不卖，看啥行情？"

王长毛无语，转身走了。

开始，有人还托他从集市上捎东西，但买回的东西每每与给他的钱数碰不上。人家问："剩下的钱哩？"

王长毛默默瞅着人家，好像是给他出了什么难题……过半天吐出一句："我买了碗饸饹……吃了个缸炉烧饼。"

人家无奈地苦笑起来。人们再不让他捎东西。

他这桩毛病过去常被东家指责，成家后又受到媳妇数落甚至咒骂，两口子为此隔三岔五吵闹打架，看他就是改不了，女人一怒之下与他离异改嫁到外村。那会儿王文校才三岁。

媳妇走后，王长毛来去无碍，更是逢集必赶。王阿坪人终于认清：这是个游手好闲、好吃懒做、不可救药的家伙！也就明白他为啥总是东村三天西村半月地打短工而扛不了长活的缘由。

在王长毛自由自在的日子中，他家的地里总是草苗一家，有时野草甚至比庄稼长势还好。老人们路过地头就摇头叹息——替那块上好的土地惋惜！那时，王文校已经十七八岁，村里年龄相近的孩子早都回家参加劳动——庄稼人能识字、会算账就得了呗——王长毛却硬是供着儿子上学。文校学习咋样，上学到底为个吗，这似乎就不是王长毛所考虑的事了。有老人说他："你不愿干活，就让文校回来干吧！别把好好的水地糟蹋了。"

王长毛摇着头，一字一板地说："不能。侯家少爷小姐个个都上学，咱孩子也得上。"

老人被这话噎住，顿了顿说："千里居官为吃穿——这可是说古的老话！你说说上学是图个吗？"

王长毛一时语塞，像绕开横在路上的障碍，丢下老人掉头就走。

村里开始办互助组、合作社，王长毛的好日子也就此结束。他爱赶集上庙的恶习遭到同组乡亲抱怨、生产队长批评和大队干部训斥。在生产队，被拴在地里和大伙一块劳动，他干起活来就如鬼画符。

有人说："长毛，如今咱可不是给侯家当长工。"

"要是给侯家干，这活儿能交代得了吗？"有人反问。

有人笑道："这要是给鬼子干还差不多。"

王长毛听着人们奚落，顶多不满地乜斜某个人一眼，照常我行我素，闹得人哭笑不得。

王文校上高中那年，王长毛在院子西侧建起三间土坯房。来攒忙的乡亲都认为这是预备给文校娶媳妇，背后说王长毛这回终于办了件正经事。谁也没想到，王长毛居然把土改分的五间北房私下卖了，给文校留了点钱，就从村里突然消失了。此举不仅出人意料，简直称得上胆大妄为。看在他已六十来岁，又是那么一副德行，眼不见为净，村里议论一阵子后也就没人再去计较。后来，有人到邻县赶集遇见他，他在干着钉鞋的活计；多年后他还回来过一次——那时王文校已经入狱——这回他又变成货郎，背着条褡裢，卖针头线脑、染料和一种鱼形的红土泥哨，一身的穿戴如同叫花子，一望可知混得如何。大人们不理睬他。他却温和不失豪迈地对围在身边的孩子们说："等下回再来，我给咱村的孩子每人带个泥哨！"之后，他就彻底消失了。

3

七月，鲤鱼川正是打核桃时节。生产队把劳力分成两三伙，一个会上树的青壮年攀到树上，手持一丈多长的酸枣木杆子，打落挂在枝头的青皮核桃。等把树上的核桃打净，男女社员就聚拢到树下，将散落满地的核桃一枚枚捡进挑筐，挑回堆放在生产队的羊圈。这时节羊群正在远山上避暑，羊圈空着，而发热的羊粪能促使核桃脱去那层青皮。打核桃是种欢快的劳动，树上的年轻人时常趁机发坏，故意把核桃打得飞到某个嫂子辈的妇女头上；有时却失了准头，核桃落在了哪个长辈头上，于是人群爆发一阵哄然大笑和高声笑骂。生活因此而显得生机勃勃，充满欢乐！

这天临近晌午时分，第五生产队正在村口打核桃的人们远远看到一个年轻人背着行李卷沿公路走来。等他拐到进村的桥上时，树上的人认出来，对大伙儿说："是文校，王文校回来了。"

王文校穿着一身蓝色制服，斜挎烫着"为人民服务"五个红字的草绿色军挎包，左胸上赫然别着一枚鲜红耀眼的毛主席像章！

那时全国已开展"文革"，王文校跟随串联的红卫兵到全国各地畅游一圈，就领了张高中毕业证回到村里来。

晚上，几个年轻人相约来到他家。那会儿这三间土坯屋还是半新不旧的房子，来不及找电工拉电线，文校就去供销社买了一根蜡烛；到生产队牲口棚要来两捆谷秸，摊开铺在炕上，把他爹留下的两双破鞋一床烂被扔到门外，里外打扫擦抹一遍就算安了家。年轻人是冲那枚毛主席像章来的，乡下没见过这么稀罕的宝贝：碗底大小的圆形像章，鲜红的有机玻璃底儿，金黄的侧面头像。王文校在墙上贴了一张报纸，把上衣挂在墙上，举着蜡烛，抻开衣襟让大家瞧——只许看，不许摸。等大家仔细看罢，他就兴致勃勃讲述起串联见闻，说各地如何集会批斗走资派，如何动枪动炮武斗；讲他们到过什么地方，住在哪里，吃的什么；说他们到上海时住在原来租界一个大旅社，有个同学上厕所，去了又返回来，叫其他同学帮忙，说自己够不着尿池，他们到厕所一看才发现那尿池竟有半人高，他们连长说："这一准儿是洋鬼子的厕所，鬼子个儿高，所以尿池修得也高。"刚说完就见一个外地同学从里面走出来，到那里打开水龙头洗手。大伙这才恍然大悟：撒尿拉屎在里面，这原来是洗手的地方。这段趣闻把那几个年轻人逗得大笑不已。文校没笑，他说资产阶级就是这样，尿了拉了还洗手，美其名曰"讲卫生"。接着他又得意非凡地讲起进京接受毛主席检阅的情景。说来自全国各地的红卫兵人山人海，他们学校被安排在后面，他和两个男同学硬是挤到前边。毛主席一出现在天安门城楼上，人们简直就是疯了——你们想，谁不愿看看毛主席呀！可后面根本看不清，大家高呼着口号，热泪盈眶地争相往前拥挤。最前面是金水河，再不能挪动半步。可咱是山里人呀，会上树！我灵机一动就爬上那根华表，就是这根——他摘下衣服拎在手上，指着报纸上一幅照片给大家说。这下我可看清楚，连毛主席下巴上那颗痦子都看见了。几个年轻人目瞪口呆——能见到毛主席那该是多么幸福光荣的事啊！真是天大的世面呀！这种机遇自己八辈子都遇不上。他们先是满脸羡慕、向往，继而心里就生出失落、自卑来。望着他们阴晴不定的神态，文校不紧不慢打开那个军挎包，又拿出一个长方形的银白色铝盒摆在桌上。大伙赶忙凑上前，就见盒里的药棉纱布垫上放着数十根细如发丝、长短不一的毫针。

"文校，你学会扎针啦？"有个青年认出来，疑惑地问他。

王文校神秘一笑，说："回吧，回吧，该睡了。明天一早还上工哩！"

4

打完核桃，接下来就是收秋种麦。

王文校手上磨出水泡，水泡破后变成老茧，那身蓝色制服也开始褪色。村里人已无数次听过他的"尿池故事"和检阅壮举。一天晚上，他又在供销社讲述天安门广场经历，村里的团支书、刚从省新医科大学培训回来的赤脚医生一脚踏进门，毫不客气地揭穿他："文校，华表是什么？那可是祖国的尊严，你以为是咱村的核桃树啊，想上就上？！别在这儿瞎吹了！你这样儿可不像个入团积极分子。"王文校红着脸愣了会儿，一低头走了。

躺在炕上王文校失眠了。他穿上衣服走出门，来到学校操场边谁家盖房的一堆石头上坐下。子夜已过，皎洁的多半个月亮孤寂地悬在暗蓝的东天，黑魆魆的山峰犬牙般围在四周，头顶只有窟窿似的一片天空，连疏朗的星星都能数清楚。王文校觉得喘不过气来，像是一只蚕蛹被包裹在密不透风的茧壳里。他自幼在外上学，和离异的父母并没有多少情感，家乡在心里也有着诸多陌生；既没有庄稼人对于耕耘的希望，也没有丰收的喜悦。只觉得若是像村里人似的过一辈子——在这块屁股大的地方种了收、收了种——就同待在棺材里等死一样！凉爽如水的空气中混杂着庄稼和草木成熟的气息，叫不上名的虫儿们在身旁的草丛中兀自吱吱鸣叫，一颗流星倏然划过天空消失在剪影般的南山后面。对于这片土地上的天籁自然、世俗风物他同样毫无感受，这幽然静谧的夜晚更使他感到痛彻骨髓的单调寂寥。想到要天天与这些足不出户、无知乐天的山里人为伍，最后自己也变成这样的人，王文校不禁战栗起来，眼里落下悲哀的泪珠。

这天下午，在耕种的地边发现一条五尺多长的蛇蜕。有人惊异说好大一条蛇，还在长呢——蛇这东西，蜕次皮就长一回。文校听着，目光从蛇蜕一点儿一点儿投向远方，仿佛在寻找那条"脱缰"而去的大蛇。

"文校，刨地角去！"老队长冲他喊了一嗓子，他才慢腾腾拿起镢头去刨那耕犁不到的四个地角。

下工时王文校向队长请假，说要去割点荆条编副挑筐。他刚回来不久，劳动工具还没置办齐全，常常不是抓东家就是借西家的。虽然正是需要劳力的当口，老队长还是答应了。晚饭后记工，不知谁说文校家黑着灯，大概还没回来哩。谁就笑道："这软蛋，别抛了坡！"抛坡，是牲口从山上失足滚落的意思。到底是学生出身，王文校干农活既不在行，也没耐力，老队长却坚持将他评为十分劳力，个别社员借机发泄不满。

第二天王文校家仍旧锁着门，老队长着起急来。有人说昨天见他往村后去了。队长便派人去村后的几个山庄打听，一个放羊的说他看见文校翻过岭奔山西去了。

谁冒出句："别是个王长毛第二！"

大伙哄地笑起来。

老队长皱着眉头琢磨半天，到底没猜出他去山西做什么，但只要人平安也就放下心。

第六天，王文校灰头土脸回到村里——他是被向阳县李家寨公社革委会派人押解回来的。在给大队革委会的公函上，李家寨公社首先介绍了来者身份——武装部长；接着指出，当前全国都在抓革命，促生产，斗私批修，王文校私自行医、好逸恶劳的行为，无疑是破坏当前的大好形势，影响十分恶劣，希望村革委会予以严肃批判教育。武装部长把王文校和他的军挎包交给大队革委会就走了。大队干部打开挎包，里面除了一盒毫针，还有一个笔记本，本皮上醒目地写着："奖给白求恩式的好医生王文校。"一枚模糊不清的图章盖在那行字上面，图章上"县革委会"几个字，明显用红色圆珠笔涂描过。笔记本里抄着几页治疗常见病的药方，更多的是画着一幅幅穴位简图——人们恍然大悟，原来这些天王文校是以行医为名，到山西行骗去了！

初中时，教王文校生理卫生课的老师是个护校毕业生，男孩子无论如何不情愿做护士，经常在工作上闹情绪，正好学校需要个教生理卫生课的教师，县医院便趁机将他推荐去。这青年教师是个针灸爱好者，没拜过师傅，在医院耳濡目染，自学了那么点一知半解的常识，到课堂上讲完课本上的内容便大谈针灸。王文校胆子大，总是自告奋勇让老师在他身上演示。"文革"开始后，万念俱灰的青年教师临去牛棚前遇到王文校，便顺手把这盒毫针塞给他。弄明白来龙去脉，大队干部的吃惊大于愤怒，他说："文校啊，你行，到底比你爹有文化！好逸恶劳、破坏抓革命促生产、冒充白求恩我就不说了，你就不怕弄出人命来？！"

地区正在滹沱河上游修建一座中型水库，一入冬大队就把他打发到水库工地。

水库工地上实行军事化管理，以县为团，公社为营，大队为连。这是千军万马大会战，密密麻麻的工棚布满沿河两岸，整个工地人山人海，彩旗遍地，打夯号子顿挫悠扬，拉石运土的车辆你来我往，到处都是紧张、繁忙的动人景象。为确保明年汛期前大坝合龙，无论运石砌坝，还是拉土垫方和打夯，每天都定有指标。各团各营各连之间开展了劳动竞赛，高音喇叭不断报告着各团各营的进度，报道着模范人物和先进事迹。王阿坪连的任务是拉土，每天必须完成规定方数，几百斤重的土车民工们拉起来跑得像飞一样。数九寒天，顺河滩吹过的西北风尖锐犀利，棉衣却穿不住，只穿一层单衣仍是汗流浃背。修水库是高强度的苦活累活，大队干部本意是让王文校去吃点苦，受受磨炼，回到村里老老实实过日子。

王文校力气弱，开始没人愿意和他搭伙拉车，还得连长分配，为此他吃足苦头，受尽羞辱。就这样还累得吃不下饭，晚上睡觉把铺尿了都不知道。庄稼人有句话：人是贱骨头，劲儿是使出来的。一个月后他慢慢锻炼出来，拉车也甩掉棉衣，每顿都得吃胳膊长一条"膀卷"——那是十二个馒头！这时，王文校就活跃起来。下了工，别人累的话都不愿多说一句，吃饱喝足倒头便睡，他却爱东村西村串工棚，找人去说笑话、讲故事。不久，工地上流传出一首打油诗：

> 海河民工笑嘻嘻，
> 冬天穿着夏天的衣。
> 一年吃了三年的饭，
> 三年操了一年的X。

这首生动形象、朗朗上口的诗歌，随着呼啸掠过的西北风迅疾地穿过每一座工棚。民工们争相传诵，以此为乐。指挥部当即派人调查，一查就查到王文校身上。王文校咬出一大串人来，说这句是东村的谁谁说的，那句的意思是西村谁谁和谁谁说的，谁谁也说过同样的话……那些人却一同咬定是王文校编成的诗。再细查，这些人个个根红苗正，加上又是用人之际，指挥部就采取雷声大雨点小的办法——把他们押到台上，以"破坏社会主义建设"罪名召开了一场庄严的批判会，然后把他们编成一个"劳改班"，劳动量加倍，每天还得学两小时毛著。其他民工俩月一轮换，"劳改班"直到过年才解散。

消息早传回村里，大队干部听了喜滋滋地说："该！这小子就差这么收拾。这回就该老实了！"

然而，王文校从水库上回来竟和大队干部玩起"捉迷藏"：稍不留神就失踪，一走就是一两个月。有时回村待上一阵，不知哪天就又突然消失。

晚上记完工，人们摸黑坐在街上或是聚到供销社聊闲天，计算着王文校这回已走了多少天。

老人们说："'龙生龙，凤生凤，老鼠的儿子会打洞。'天生不假，文校可真是王长毛的种！"

有人自信地预言："等着瞧吧，迟早哪天又被押回来！"

有人幸灾乐祸地接过话茬说："这小子，没准儿真就弄出人命来！"

"呵呵呵呵……"

人们开心地笑着。他们期待着王文校"败露"，盼望着自己一语成谶的那一天。

5

经历了水库工地磨炼，加上头回"出诊"的教训，王文校变得精明起来。他不再去县城甚至大点的乡镇，专门找山区那些偏僻村庄。这样的地方远离医疗机构，人们抱着"有病乱投医"的观念，把送上门的医生看成救星。在那里，王文校终于发现了自己的价值，找到了"王医生"的位置和快乐。这快乐掺杂着人们对他的尊敬，也含有博取信任、"化险为夷"的机智。

他用大剂量酸枣仁加甘草，治好过一个村革委会主任婆姨的头疼失眠症，还用在旁村巧遇的一次经历中暗暗记下的方法，治好过一个妇女的癔症。那个三十多岁的女人中午从菜地回来，突然跌倒在院里，声音俨然变成男人，悲痛地述说自己在"那边"缺吃少穿，孩子们不给他烧纸送钱，惊得村里人头发都乍起来："这是二根的声调，她被二根祟惑了！"

这家男人跑着去把二根两个儿子和媳妇叫来。

躺在地上的女人发出男声说："你们还有脸来见我。毛孩儿，你上集去收购站卖蝎子一共卖了五块二，回来你给了你媳妇五块，那两毛钱你买了碗羊汤、吃了俩馍，我就在旁边你也不让让我。二孩，你那体己钱在哪儿藏着，别以为我不知道，不让我花点我就说出来！"

两个儿子一听就跪在地上哭着喊起爹来。

老人们在旁边着急地说："光哭有啥用，还不快给你爹去烧纸！"

谁家平白无故预备纸钱呢，得去三里外的胡家寨供销社买。二孩就说："爹，你先走吧。我这就去胡家寨，买来径直给你送到坟上去。"

"我不走，我怕你糊弄我。"那男声倔强地说。

这时有人叫道："王医生来了，王医生来了，赶紧叫王医生看看。"

躺在地上的妇女满口吐着白沫，吊着两只眼睛说："王医生来我也不怕，他是个二五眼（方言，意为能力差）医生。"

王文校二话不说，蹲下身摁住她的头先在百会穴扎下一根针，那男声哎哟叫唤一声。王文校第二第三根针飞快扎在两个涌泉穴，他又哎哟了几声，接着第四第五根针分别扎在两手上的合谷穴，这时那男声突然转为哭腔，说："我走啊，我走啊！"

王文校问："你还敢再来不？"

"不敢了，可不敢了！呜呜……"

"再来我还有更厉害的招数。这回不难为你，走吧。"说着起了针。

那女人打胸里嘘出长长一口气，仿佛刚刚睡醒，眨巴着眼睛问："我这是怎么了？"

"好了，好了！"围观的人群兴奋地欢呼。

他也遇到过险情——那回给一个卧床不起的哮喘病人行针，没等起针老人当场就死了。他第一个念头就是逃，连起针都忘了。正巧有个要饭的从门外走进来，仓皇中他一脚踢在门槛上，自己跌了个马趴，门槛也被踢断了。他爬起身拿着那段腐朽的门槛，对那家人说："看看，万物都有定数，时候到了神仙也没办法。人活百年，都有这一关。七十多岁可是高寿，喜丧！好好给老人家办后事吧。"三言两语竟然化解了此事。那家人慌慌张张开始张罗丧事，却没忘好吃好喝招待他。

当他面对这些山里人变得从容镇定的时候，不自觉便以施救者的身份和姿态出现在他们面前。他的挎包里也有几样治疗常见病的西药，诸如：土霉素、黄连素、阿司匹林、食母生、苏打片、消炎粉、酒精等等，他把西药片碾成粉面儿装在不同的瓶子里，有时掺在给病人抓的药剂里。他期望能够成为高高在上、受人膜拜的神医，私下悄悄搜集民间验方，然而在那样的穷乡僻壤间，听来的多是一些荒诞不经的故事。他听说数十里外有个老太太擅长治疗小儿腹泻，专门买了一斤饼干以患儿家长的身份前去讨药，那老太太女巫似的冷冷盯着他说："小伙子，年轻轻的干点啥不能混口饭吃？

跟我老婆子抢甚饭碗？！"

他尴尬地从老太太家退出来。村边，一个穿红袄的年轻妇女正站在门前朝这边瞭望。走到近前那女人就叫他："医生，来俺家吃饭吧！"

王文校一怔："你咋知道我是医生？"

"你背着药包嘛。"那女人笑盈盈睇视着他。

王文校恍然大悟，原来是挎包上的红十字让他露了馅，心里顿时轻松起来，打趣道："你汉们儿没在家？"

女人脸上微微一红，说："他上桃坡村给他舅盖房去了。我给你做刀削面！"

"有俩馍就够。"王文校随着她走进门，招待他的当然不只是刀削面。

这一带风俗，女人不下地劳动，打扮得头光面净，穿戴得大红大绿，专一做饭、收拾家务，把炕沿都抹得锃光发亮，于男女之事也来得随便，她们喜欢岭那边的河北人，也高看穿制服的。这样的艳遇王文校并不是头一回遇到，有时即便住在某个干儿子家里，大家睡在一盘炕上，夜里女主人也会悄悄钻进他被窝来。第二天一家人照常说笑，就像昨夜啥事都没发生一样。但王文校总是和她们保持一定距离，他不愿被哪个女人缠在某个山沟里的炕头上。

有时，孤独地行走在寂静幽深的悬崖峡谷间，望着脚下或头上的白云雾霭，他常常幻想忽然有一位神仙或隐士现身，传授给他包治百病的神药奇方，可惜这么多年就是睡梦里他也没遇见过。

倒是那次"遇险"碰到的老叫花让他增长了一番见识——那天他坐下吃着饭，一抬头看见那老叫花木然靠在墙边，就抓起两个馒头走过去塞到他手里。等从那家走出来，老叫花来到王文校身边悄声说："小伙子，借一步说话。"

两个人来到一个僻静处，老叫花站住脚说："都是吃江湖饭的人，有句话不知当说不当说？"

王文校说："你说。"

"小伙子，你忒大胆呀！就今天这场儿，要是有权有势的人家肯和你善罢甘休吗？"

王文校一愣神："老人家懂医术？"

老叫花摇摇头："要懂医术还用讨饭？可我知道干你这行的都带有'脱身药'，你有没有？"

王文校迟疑地摇起头来，他第一次听说这名堂："什么叫脱身药？"

"给人瞧病，病人当场死在自己面前，一来显见自己医术不高明，二来没准儿还会惹祸上身，脱身药就是遇到病人危急时，立马服用，吊住病人一口气，好让自己从容脱身。"

"那是什么药？"王文校脱口追问。

"早年间我在城外一个接官亭旁午睡，偶然听两个喝醉的游医自夸医术，才得知还有这么个诀窍。"老叫花说着，从随身的布袋儿里掏出几个小纸包递给他，"用开水冲服，保险病人多活一个时辰。"

望了眼呆怔在那里的王文校，老叫花径自去了。

初次"出诊"的挫折，倒是使王文校体会出与人相处的重要性。以后每到一地，他总是主动找到主任、委员或队长家，先做自我介绍，声明身怀祖传绝技，免费来为群众行针治病。病人家里条件允许的话，自然会为他提供食宿，来往久了有人就把钱交给他，让他亲自给病人开方配药。他在一个村庄最多只待三五天，然后说哪哪还有病人等着呢，过一段时间再来回访。就这样来来去去他和那一带山里人熟稔起来，有的还成为朋友，上赶着让孩子认他做干爹。王文校渐渐生出如鱼得水的感觉。

这中间，那几包"脱身药"确实为他增添了一层神秘色彩，但除了人参王文校终究没能弄清其余的成分。

王阿坪人仍然议论着王文校，他们不明白这家伙靠那点"二五眼"的道行如何蒙得了人。既然是免费"行医"，在外面靠什么吃喝穿戴？对王文校的杳无音信他们不免感到失望，却在失望中继续着自己的期待。

6

日子平白又是一年。

夏天一个傍晚，王文校再次来到刀尖口。刀尖口十来户人家，隶属十余里外的洪山大队，算是一个生产队。这地方他熟悉，远远就望见秃头队长正坐在自家门口默默抽烟。队长才比他大五六岁，因为谢顶，头上光溜溜寸草不生，倒显得像个老者。

这时队长也看到他，站起身脱口骂道："球货，咋才来……"

队长上前拉住他手，径直带他进了通常住的东屋。待王文校坐下，队长迟疑一会儿说："妮儿……没了。"

"甚，蓝妮？！"王文校一撅站起来，"啥病？"

队长眼圈红红地说："前儿个，打麦呢。妮儿管往脱粒机里塞麦个儿，叫脱粒机绞住辫子……等拉下电闸，脑袋都碎了。"

顿时，王文校脑海被那台草绿色的脱粒机和蓝妮的形象塞满。

前年头一次来刀尖口是在麦收前，队长带人正在麦场安装新买来的脱粒机。等他说明来意，队长就叫一个姑娘："蓝妮儿，你带着王医生先回吧。"

蓝妮是队长的女儿，十七八岁模样，敦敦实实的个子，两条又粗又长的大辫子在背后一路走，一路摇来晃去。她把王文校安置在自家东屋——说县里、公社干部来下乡都住这屋。她打开柜子，跪在炕上撅着浑圆的屁股一面铺被褥，一面说："咱这里凉快，夜里还得盖被子。你是中医还是西医？"

"中医，主要是针灸。"王文校从挎包拿出他的笔记本。

蓝妮从炕上跳下来，接过笔记本说："你叫白求恩？"

王文校说："不，我姓王……"

"我说呢。"蓝妮一脸郑重道，"白求恩是个外国人，早死了。毛主席专门给他写过一篇文章，课本上就有哩。"

王文校早已处变不惊，指着那行字解说："'式的'——就是像他那样的。上级的意思说我是和白求恩一样的医生！这笔记本是奖品。"

"那你……会不会治肚子疼？"蓝妮白皙的脸上泛起两朵红云。

"你痛经？"王文校从她的神态猜出背后的原因。

蓝妮点着头说："每个月那事来了，头三天疼得浑身净冒虚汗，把衣服都能溻透。"

"当然能治！这得靠针灸，不过时间短了可不行。"

蓝妮说："只要能治好，我给你炒鸡蛋、烙饼。"

晚饭果真是香喷喷的炒鸡蛋、烙饼。

王文校军挎包上那行"为人民服务"的红漆早已脱落，蓝妮擅自做主，拿红线在书包正中央给他绣了个鲜艳的红十字。

有一回扎着针，蓝妮突然脸红起来，扭捏道："你说……我长得白不？"

"白。"王文校瞅着眼前凝脂般的小腹，肯定地说："我给这远近多少姑娘扎过针，就数你白。"

"一白遮百丑。"蓝妮满足地笑了，她对自己的身材不满意。

"蓝妮可不丑，方圆几十里就数蓝妮俊！"王文校郑重其事地说。

"你……为啥不成个家？"

王文校俯下身去默默捻针。这个问题从来没人提及，他还真没认真想过。这会儿蓝妮说起，他才想到村里同龄人的孩子可不都已经上小学？但他确实没有成家的欲望和想法。或许是这样，前些年如履薄冰，时常处在惴惴不安中，没那心思；这几年如影随形的危机终于悄然冰释，他尽情享受着"王医生"带来的快乐，沉溺其中不想成家。他心里这么想着，嘴上却说："我行无定所，谁愿意跟我？"

"要有人愿意呢？"蓝妮轻轻追问。

王文校心里一热，瞅着蓝妮雪一样圣洁的肌肤说："我吃了上顿没下顿，咋能让人家姑娘跟着我受罪！再说，我习惯了这样生活，就喜欢这种无拘无束、自由自在的日子。"

说完王文校猛然意识到，自己此前从未想到过：他确实喜欢这样的生活！这一刻他脑海中闪出了没有下落的父亲：他或许也是这样？

那天夜里，蓝妮像只猫一样无声地钻进东屋。王文校抱住那个凉爽的玉体，嗅到了处女特有的芬芳。天亮前，蓝妮拿过他的手按在自己饱满的乳房上，贴着他耳朵说："你治不好我的痛经，我姨说等生过娃就好了。我喜欢你的手绵软，不愿让一只粗糙的手摸它们。"说完就像来时一样，赤条条闪出门。王文校嗅着被窝里的肉香，就像做了一场梦。

王文校让队长带他上坟烧了回纸。这么做，既是对蓝妮的怀念，也是表达对队长的尊敬。

蓝妮的坟墓孤零零坐落在村后的半山腰，山脚下就是他们村庄。她还没出嫁，依照乡俗也不能入娘家祖坟。队长站在坟前，望着村落上空袅袅升起的炊烟说："妮子眼高，让她站在高处，看得远点儿。"

王文校听着眼睛热起来。这些年他和不止一个女人有过性事，但让他挂心的只有蓝妮。蓝妮胆小，有一回问他世上到底有鬼没有。王文校虽然治好过几例癔症，却断然回答："没有！要有的话，鬼长什么样，咋没人说上来？"

蓝妮释然道："没有就好，我从小就是怕鬼。"

"古往今来，人活百年无非是生老病死。"王文校笑道，"我是唯物主义者，人就该怎么快乐怎么活着。"

他原本是在宽慰蓝妮，话一出口就意识到，在这个姑娘面前他总是不由自主说出自己的真实想法。

第二天早饭后，王文校和队长说："我上山去采几味中药，也许两三天也许三五天，你甭惦记。"拿荆篮装了一个空酒瓶、一口炒菜的小铁锅，带着干粮、镢头和斧子上山去了。

这里的山上有荆芥、柴胡、元胡、黄芪、丹参、党参等几十种药材。夏秋时节村民也常上山刨药材，积攒起来卖到公社收购站，是一种补贴生活的合法来源。医生采药是本分，队长更是觉得合情合理。

两天后，有人察觉蓝妮的坟墓被人盗了，队长跑到公社报案，庄里顿时乱作一团。此案惊动了县武装部，两个军人和公社武装部部长组成专案组进驻到刀尖口。三个人先去看现场，坟墓有明显挖掘痕迹，事后虽然埋上，却明显十分匆忙草率。专案组在庄里一连排查两天，没有得到丝毫线索。队长一家和人无冤无仇，蓝妮是暴死，又没什么值钱的东西随葬，谁会干种这缺德事呢？

第三天下起小雨来，队长陪着三个人正在村前村后转悠，就见村后的山腰冒起一柱青烟。一个军人随口问道："那里还住着人呀？"

"没，那里有个山洞。"队长突然想起什么，随口说，"或许是王医生在那儿吧……"

"哪个王医生？"三个人顿时警觉起来。

队长将王文校的来龙去脉细说了一遍。两个军人果断地说："走，上去看看。"

一攀上山洞，四个人就惊呆了：王文校蹲在一口架在火上的小铁锅前，旁边摆着白花花一条人腿。

王文校承认是自己盗了蓝妮的墓。他偶然听一个说书的老瞎子讲，大油可以治秃顶，想用蓝妮炼大油给人治病。说着看了队长那光亮亮的秃头一眼，好像还有些遗憾和不甘。

案情转到本省，县里说真巧，正找他哩——刚刚侦破一件盗窃案，他也是参与者。原来去年冬天，王文校伙同两个光棍闲汉偷盗了一位住山庄的孤寡老太太，除了钱财还盗去老太太土改分到的一整套寿衣。钱财已被他们花完，那套还没出手的寿衣净是绫罗绸缎，每一件都绣着花红柳绿的图案，开公审大会时为烘托气氛，把

寿衣展开来一件件悬挂在会场前面。老太太跑上前咬牙切齿地咒骂着，恨恨地往王文校和他的同伙脸上吐唾沫。

两案并罚，王文校被判处八年有期徒刑。

王阿坪人终于看到了期待中的结果，自然热热闹闹谈论了好一阵子。

7

现在大家仿佛把王文校那些劣迹都忘了，就像根本没发生过，他的出狱反倒成为一件令人新奇、兴奋的事，大家主动踊跃地帮他修缮着那三间老屋。

一个月后，王文校住进自己家时，不但屋顶和里外墙修葺一新，为防止屋顶腐朽落土，大队还提供报纸让他糊了一层顶幔。大伙又自动凑齐木料，帮他在南墙外搭了个简易厨房。

王文校上午住进去，午后就下起雨来。雨天不出工，人们就纷纷到他家来串门，有的给他带来一把青菜，有的送给他一个北瓜或几颗土豆，还有的给他拿来玉茭面、杂面……人们为他庆幸，说多亏搬进来，要赶上连阴天不定啥时候才能住进来哩。

"可不是哩，可不是哩！"王文校这会儿见谁谢谁。

有人开玩笑说："这回不走了吧？"

"不走了，不走了。"王文校笑嘻嘻说，"这点能耐就供献给家乡吧。"

雨越下越大，天就提早黑下来。

黎明时分，酣睡中的人们被"腾"的一声闷响震醒。正自狐疑间，就听一阵声嘶力竭的叫喊从街上传来："救人来啊！快救人啊！文校的房子塌了，把文校埋进去了！"

人们抓起铁锨、镢头跑到王文校家，眼前整个房屋已完全坍塌。等大家七手八脚把他刨出来，人已经彻底断了气。

大伙儿静静站在雨幕中，面对狼藉的残墙断壁和王文校沾满泥土的尸体沉默无语。这突如其来的结果，让他们心里弥漫出一种说不出的失落和虚无。

老队长拄着拐棍蹒跚赶来，现在他是真老了。当年他和王长毛都在老侯家当长工，那会儿虽然年轻，但一看王长毛干活他就知道这是个草包。然而对王文校他心里却总有几分长者情怀。面对眼前的场景，老头子不禁泪眼婆娑，人们不知道他是自语还是在对王文校嘟囔："唉，到底是不愿回来呀！既然不愿回来，这回想去哪儿就去哪儿吧。"

看 电 视

　　那时候，电视机在乡下绝对是稀缺物件，头些年只有黑白的，后来才看上彩色的。我敢说，许多地方那时恐怕见都没见过这东西。等经济条件好一些的村能够买上电视机，已是接近20世纪80年代的事情了。说起来或许你不信，我们那里虽说是山区，却早在20世纪70年代就已经看上电视了。

　　西哈努克亲王和莫妮卡公主、胡志明、乔森潘，丰乳肥臀、欢呼歌舞的非洲人民，毛主席、周总理我们经常在电视上见到，就跟看真人一样。西哈努克成天笑眯眯地带着漂亮夫人在中国东走西逛；乔森潘好像和"红色棉花"有关，棉花从来都是白的，不知道为什么他们那儿却是红的！宾奴亲王那张脸活脱脱就像我们村的侯腊月，一见周总理激动得把头摇个不停，我们干脆就叫他"摇摇头"；胡志明胡子拉碴一大把年纪的人，每回见毛主席、周总理都是大步上前先拥抱，看得出毛主席不喜欢这样儿，但他是客人，做主人的又不便表现出来，毛主席就由唐闻生或是王海容搀扶着慢腾腾站起身，立在那儿由着他贴了这边的脸再贴那边；陈永贵一辈子都戴着那块羊肚子手巾，接见外国友人使劲握着人家的手，龇着一口大板牙光知道笑，不过牙倒是挺白。一看到他，我们村侯秋儿就感慨：人要混大真是不大点事，你看人家陈永贵！侯秋儿头上包着同样的羊肚子手巾，那种手巾当时随便在哪个村供销社都能买得到。陈永贵原来是大寨大队的支书，侯秋儿是我们大队四队的队长，两个人就差一级，可现在程永贵一跃成了副总理！怨不得侯秋儿说不大点事……你要是过来人，我这么一说，你就知道我不是糊弄你们了吧？

我们能那么早看上电视，是因为我们那儿的山上有铜，国家搞三线工程在公社所在地胡宅口建起了一座铜矿。

其实铜矿也没在胡宅口村，是在他们村东一里多远的公路旁。那一片红砖红瓦的人字瓦房，就是铜矿的办公、宿舍区；机房则更靠东，到了与我们村交界的铁窟窿沟口，但那儿到底还是胡宅口的地界，所以铜矿办公区大门口的白漆木牌上就写着：河北省胡宅口铜矿。"铁窟窿沟"不知是哪辈子人起的名字，沟里的山上有两个幽深的矿井，国家地质队一勘探才知道洞里的石头含铜，于是人们恍然大悟：怪不得叫铁窟窿沟！大约古人铜铁不分。从我们村冲西一抬头，就能望见那座红砖红瓦的机房和机房上方山坡上水泥抹的灰色蓄水池，连池壁上白灰书写的仿宋体"工业学大庆"都看得一清二楚。那会儿上级给铜矿配备了电视机，招引得周围几个村里的大人孩子都跑去看。国家有什么喜庆事呀、盛大活动呀、样板戏呀，《渡江侦察记》《创业》呀等等我们都是先睹为快。晚上七点之前，铜矿的人就把那台14英寸黑白电视机从会议室搬出来，摆放到院里。他们焊了个铁架，做了个带门儿的木箱，电视机平时就锁在铁架上的木箱里，开机时把木箱门儿打开。每天看电视的邻村群众和铜矿职工黑压压挤满一院子。当然，他们的职工都端着水杯，坐在椅子或小马扎上看，而且占据着靠近电视机的正面位置。我们则站着，从头一直站到尾。

胡宅口距我们村三里地，要去的话有三条路：一条在村东，从村口往南，穿过槐河上的过水路面就到了南岸的公路上，适合骑自行车；一条从村中间沿着菜园和庄稼地边的小路，横穿河滩再上公路；一条则是从村西口冲着西南在河滩里走，直到铁窟窿沟口的石拱桥下登上公路，一上公路迎面就是那座红色机房，这时浓烈的矿石味就钻进鼻孔，机房里像是有一盘巨大的石磨在运转，低沉有力的呼噜声灌满耳朵。公社专门配备电影放映员前，县电影队来放电影或哪个剧团来演样板戏，总是先在公社所在地胡宅口放映或演出。晚上，我们去胡宅口或铜矿看电影、看戏、看电视一般都走村中间那条路，虽说要横穿河滩、走一段小路，但大家都是走着来走着去，反正又没有自行车。有人偶尔走村东那条路，村西那条河滩路绝对不适合晚上走。

新鲜劲过后，大人们就不去看电视了，老是西哈努克、胡志明、"摇摇头"、欢呼歌舞的非洲群众、各式各样的盛大聚会、样板戏，还有琵琶演奏什么的（我们没见过琵琶，就叫它"拽肚萝卜"，那是适合旱地生长的一种头小肚大的萝卜），看来看去就腻烦了；孩子们也腻烦了，但腻烦了也看。疯跑着去，疯跑着回来，三里路拔腿就到。他们相互勾叫着：去吧去吧，总比看狗打架热闹！村里的男女青年有时也去，或两三个人做伴，或独自一人，慢悠悠走着去，慢悠悠走回来。在他们这大约是一种消磨时光的方式。姑娘们常去看电视的有三四个，小伙子说她们别有用心。

"醉翁之意不在酒呀！"他们相互使着眼色，酸溜溜说。

冬天，风在黑魆魆的远山雄浑地驰骋吼叫，来到河滩则像挥舞的鞭子，凌厉地掠过树梢、电线，"嗖儿嗖儿"地尖声呼啸，未落的栎树叶就跟着哗啦哗啦响起来，河滩里秋天打下的那几座羊草垛这时不定发出什么动静。我们奔跑着觉不出冷，却害怕黑暗里传出的各种响动。槐河是条季节河，多数时间一到冬季就干涸；雨水充沛的年份，河水不干，河面结着白花花一层冰，过往行人就踩着露出冰面的潦石过河。

我正在公社联中上初一，每天带着干粮跑校——早晨去晚上回。联中坐落在胡宅口西面一块叫瓦房台的荒滩上，南临公路，东、北、西三面则被河滩包围着，离我们村六里地。那时国家普及九年制义务教育，各村都有小学，公社有初中也有高中。因为高中在我们村，别的村有意见，就找了个中间地点把初中建在瓦房台——由于是各村共同出工出料合建，所以叫"联中"。这一来，铜矿就成了我们上下学的必经之地，我们经常是看完了电视再回家。下午放学后就在铜矿上等着侯腊月——吃过晚饭，他会带着我们村的孩子们大呼小叫着席卷而来；快到我们跟前，他们突然站住，侯腊月摇着头从中间走出来，伸出胳膊做握手状，仿佛对面站着毛主席或周总理……人群爆发出一阵大笑。这狗日的那张驴脸忒像宾奴。

侯腊月是侯秋的儿子，已经上高一，站在那群年龄不等、高低不一的孩子中间，就像羊群里跑出来一头驴。各村孩子们看电视都是成群结伙，这样一是路上可以相互壮胆，二是怕被外村孩子们欺负。打架的事情时常发生。不久前，小个子疤三往前挤，踩在一个姑娘脚上，那姑娘一推，立足未稳的疤三就一头跌倒在人群里，我扭头一看推倒疤三的是我们班胡宅口村的邱正菊，正想说她，侯腊月从旁边蹿上去当胸就是一拳。邱正菊可不是个省油灯，她毫不示弱举拳相还，人群乱哄哄躲闪出一块地方，他俩就拳脚相加打在一处。邱正菊上学晚，年龄、个头和侯腊月差不多，人也长得粗壮，侯腊月打她一拳，她必还击侯腊月一拳，侯腊月踹她一脚，她也踹侯腊月一脚。邱正菊虽然没侯腊月劲儿大，但嘴快、能骂出口。侯腊月出拳快，嘴却拙笨。邱正菊骂道："X你娘！"侯腊月跟在后面也骂："X你娘！"两个人连打带骂，你来我往。铜矿上看热闹的嘎小子在一旁起哄喊叫："这么大个小伙子，连人家姑娘都打不过！"侯腊月羞急了，出拳更狠，但邱正菊比他胖，而且十分顽强，两个人竟一时难分胜负。邱正菊被侯腊月打疼了，骂得更快、嗓门儿更高："X你娘X你娘……"她那张嘴像一挺机关枪，连续不断喷射着仇恨的子弹。侯腊月笨嘴拙舌地跟在后面，骂着骂着就跟不上趟了，突然他像是想起自己的性别优势，脱口骂道："我X你！我X你……"哄一声，铜矿的小伙子们东倒西歪笑成一团。邱正菊就哭了，哭骂着和侯腊月继续对打。铜矿的维修工老翟终于看不下眼去，呵斥着上前拉开他们。

侯腊月悻悻地带着我们离开。路上的气氛有些尴尬，大家谁也不说话，黑暗中回响着踢踢踏踏的脚步声。忽然，侯腊月站住脚冲我说："真鸡巴软蛋，你就在跟前，也不上手！"

顿时，我脸上热辣辣烧起来，不无心虚地说："她是我们班的……"

"早知道你怕得罪人！"侯腊月不满道，"怕什么？她还得来咱村上高中呢！"

我愣了下，吭哧道："总不能咱两个男的打……"

没等我说完，侯腊月又怒冲冲转向疤三："娘的，老子替你出头，你倒当起缩头乌龟来，连骂也不骂一句！"

"侯腊月！"这时，一个姑娘满腔鄙夷地在我们身后说，"你知不知道什么叫丢人现眼？打一个姑娘不说，那么脏的话你也能骂出口！"

我们一看是四队的朱琴。这姑娘约莫二十三四岁，身材修长，有着一副绵羊似的白净面孔。她平时不大爱说话，但看得出什么事都心中有数。甩下那句话她就仰着脸大步往前走去，脖子上的白色方巾顿时消失在夜色中，一阵淡淡的雪花膏味弥漫在我们周围。那是百雀羚牌雪花膏，我们班主任齐老师也用这种。

朱琴是我们村经常来铜矿看电视的姑娘之一。她娘去世早，小学没毕业她就辍学回家去给爹和两个哥哥做饭。如今二哥成家另过，她一面参加生产队劳动，一面继续给父亲和放羊的大哥做饭。早早地投身社会、走进生活，使她远比那些高中毕业的姑娘显得成熟干练。往往劳动回来，刚刚还灰头土脸、一身疲惫，吃过晚饭她已换上一身干净衣裳，头光面净地出现在街上。她往供销社走去，供销社里常歇着聊闲天的男人们，几杆旱烟袋把屋里抽得烟雾缭绕。朱琴一撩门帘就咳嗽起来，聊天的顿时鸦雀无声，她轻声和售货员老三说了句什么，递上钱，接过两卷粉红色卫生纸转身离去。谁脱口问了句："那是吗？"老三皱起苍白的双眉，鼻腔长长哼了一声，屋里一下静得落根针都能听见，人们竟一时找不到话题。

朱琴的话犹如定身法，那一刻我们全都愣在那里。

"他娘的！"过了会儿侯腊月醒过神来，他在地上转个圈急赤白脸骂起来，"是她先欺负疤三，老子打她有吗丢人的？她没骂老子吗，老子现吗眼？他奶奶的！"

大家不知说什么好，就去埋头赶路。不知是受到朱琴刚才那句话的压迫，还是在回想打架的情景，好一会儿没人吭声。

"你们说，朱琴为啥总来看电视？"默默走了一段，侯腊月忽然开口问大家。

大伙你看我我看你，谁也说不出其中的缘由。

"告诉你们吧，她在找对象！"侯腊月得意地笑起来。

"就是。"疤三赶紧讨好说，"我知道老翟待见她。"

有人马上说："我看见老翟给她搬过椅子。"

十二三岁正是吃凉不管酸的年纪，脑子本来就是一盆糨糊，疤三一说，我们好像都明白过来，没记在心上的事也回想起来。

老翟就是刚才拉架的那个维修工，四十挂零，说起话来就像陈永贵，咧嘴笑着，黑红的脸膛堆满深厚的褶皱。我们来来往往去上学或星期天去铁窟窿沟拔药材、拾柴火转悠到铜矿上玩，经常看到他在维修车间或是院里修理这、焊接那。老翟喜欢朱琴已经不是秘密。传说他媳妇在老家搞破鞋被人捉住，两个人离了婚。有一个闺女也不是老翟的种，离婚时让媳妇带走了。老翟自此坐下一桩心病，一心想娶个大闺女。

夏天里一个星期天，我们转悠到铜矿玩耍——趁人不注意不定谁就顺手偷点铁卖——老翟又在院里焊接什么东西。这时，小学校长福顺从公社学区开会回来，看看天还早就走过来说："老翟，叫我试试吧。"福顺是老大学生，当年因为母亲闹病退学回来，是村里公认的聪明人。老翟走进车间找来两块废铁板说："你在这上面试吧。"福顺模仿老翟的样子开始焊接，焊条在铁板上点出耀眼的弧光。过了会儿福顺放下焊枪笑起来："术业有专攻。不行，不行。"我们围上前，就见两块铁板不但没有焊接在一起，反而被啄出一个洞来。老翟也笑了，笑着笑着他说："你是校长，面子大，能不能把你们村的朱琴给咱说说？"

"说什么？"福顺似乎明知故问。

"说媳妇呗！"老翟黑红的脸上堆起陈永贵式的笑容。

"人家可是大闺女，这事……有点不好张口。"福顺难为情地说，但口气却像在戏弄老翟。

老翟红着脸嘻嘻笑道："咱就是想娶个黄花大闺女呢。咱上没老下没小，每月工资五十多块，嫁给咱进门就当家，还不用下地劳动，这么好的条件上哪儿去找？咱怎么就不能娶个大闺女？"

逗得福顺和我们都笑起来。

"老翟那是癞蛤蟆想吃天鹅肉！"侯腊月不屑地说，"朱琴是和邵峰谈恋爱哩。"

邵峰我们都认识，他在矿井里负责爆破，是铜矿篮球队的前锋。铜矿办公区后面原来有一块荒地，后来矿上把东面开辟成菜园，西面则修建起一个灯光球场。铜矿有两个省篮球队退役的主力队员，他们组建起一支业余篮球队，经过训练，竟把县体委的专业队都打得稀里哗啦。除了看电视，我们有时候也看他们自己球队分拨儿打比赛。邵峰打前锋，擅长抢篮板。据说在工作上邵峰也有一套，矿井里的作业面已经开始渗水，爆破时经常出现哑炮，耽误采矿进度，邵峰想出用避孕套套上炸药装填炮眼的方法，一下解决了这个难题。

"你咋知道的？"侯腊月的消息让我十分诧异。

"老翟给朱琴搬凳子那是不假，"侯腊月得意扬扬地晃着头说，"但邵峰总是紧挨着朱琴坐，我看见过他俩拉手。"

侯腊月就是侯腊月！他能成为我们村的孩子王，绝不仅仅因为比我们大几岁或是为人仗义、敢于出头，而是因为他确实懂得多。

这不，我们不管节目内容有没有意思，整天就知道盯着电视看，而他却能像阿庆嫂那样眼观六路耳听八方。不看电视的日子，我们就玩"打鬼子"、捉迷藏，常常玩到夜深人静，直到谁家大人站在门台上怒冲冲呼喊自家孩子，才恋恋不舍地怏怏散去。有一回，我和他从一个胡同打"穿插"，想绕到后面袭击"敌人"，走着走着他突然收住脚，就听我们头上的窗户里传出一个女人时断时续的叫唤声，我悄声说肯定是挨蝎子蜇了，要不就是肚子疼哩……他拉起我快步走开，一到胡同口就哈哈哈笑着蹲在地上："挨蝎子蜇了……哈哈哈哈……肚子疼哩……哈哈哈哈……"后来他拿袖子抹去笑出来的泪水，居高临下地教训一头雾水的我："小子，告诉你吧，这是干那事呢！"我当然明白"那事"的所指，却仍旧一头雾水。疤三和我都在学校文艺队，我们合演一个宣传计划生育的三句半。疤三有一句台词是"戴环儿"，每当演到这儿，疤三就把手里的小铜锣往头上一扣，台下的观众无不哄堂大笑。我们文艺队的导演齐老师也笑，不过她笑得很含蓄。我认为这是我们这个节目的精彩之处。侯腊月却讥讽道："还得意哩，你们到医疗站的墙上看看戴环是往哪里戴呢！"再演出疤三就不往头上扣铜锣了，不管齐老师怎么做工作，疤三红着脸就是不答应。后来齐老师只好改变动作设计，让他掉过身往屁股上扣。

"娘的！"侯腊月愤愤不平骂道，"不知道谁他娘的丢人，谁他娘的现眼哩！"

我们公社许多姑娘都盼望能嫁个铜矿工人。毕竟铜矿的小伙子们穿着翻毛皮鞋，戴手表，骑自行车，拿着工资，打扮得体面干净……这些都不是整日上山下地的本地小伙子所能比的。再说我们那儿是深山区，劳动、生活都苦，而铜矿的工人大多数来自平原，家庭条件好。看看，嫁过去就是不一样啊，在公路上碰到个熟悉的，叽叽喳喳热闹半天，从头到脚打量着人家，那穿戴做派、话语神态，就像完全换了个人，举手投足都带出明显的优势。于是，即使是去看电视，各村的姑娘们也都要梳妆打扮，换上新洗的衣裳。她们这种举止、心理引起小伙子们的鄙夷，看电视回来，炉火中烧的坏小子就在槐河的潦石上做手脚——他们把冰砸开，将河水撩泼到潦石上，数九寒天，滴水成冰，潦石立马变得光滑如镜。想象着故意落到后面的姑娘被铜矿的恋人送回时，冷不防滑倒在河里的情形，他们脸上浮现出幸灾乐祸的笑意。

冬天是打柴的日子。大人们每日去远山打湿柴，把黄栌、山榆、荆棵……砍砸下来，打成捆扛回家，留到来年晒干烧火做饭；星期天和寒假，孩子们则去近处拾干柴，爬上栎树、核桃树、洋槐树……砍下枯死的树枝，一挑筐一挑筐背回家，供奶奶、娘或姐姐做饭现烧。侯腊月已到打湿柴的岁数，但他仍然和我们一起拾干柴。那天我们拾柴回来还不到中午，就在河滩那几座羊草垛前玩耍起来。大家先集体撒了泡尿，侯腊月撒着尿问："你们谁知道'跑马'是什么意思？"

"我知道。"我说，"就是尿炕。"

侯腊月扑哧一笑，看我们一脸懵懂瞅着他，一面系裤带一面说："算了……大了你们就知道了。"

说完，他爬上二队一座羊草垛。那是一垛玉荗秸，旁边还有几垛叶片干绿的栎枝垛——种上小麦，趁栎树叶片尚绿，生产队就抓紧派劳力上山砍来，一捆捆垛在河滩。冬季遇到大雪封山，羊群不能上山，各队的放羊汉就每天把羊群赶到河滩一个角落，背几捆预先备下的玉荗秸或栎树枝叶扔给羊群吃。

"上来！快上来！"侯腊月满脸惊诧在羊草垛上招呼我们，"你们来看看这是什么？"

我们手脚并用爬上那座玉茭秸垛，踩踏腾起的灰尘呛得人人都打喷嚏，但马上就被眼前奇异的景象吸引住：竖立堆积的玉茭秸垛顶上竟被什么东西蹚出一道道横七竖八的深沟。这是什么东西干的？大家你看我，我看你，谁也想不明白。不明白的事情总透着几分诡异，让人心里不禁生出一种不祥的预感。这时，疤三在下面喊叫起来："哎呀，这里有个洞！"

大家纷纷从玉茭垛顶上出溜下来，就见玉茭秸被扳倒几捆，垛底露出一个可容一人钻进的洞口。原来疤三个儿矮，爬不上玉茭秸垛，想搬几捆垫在脚下，不料却搬出一个洞来。瞅着黑乎乎的洞口，准是想到垛顶上那不知什么东西蹚出的痕迹，大家一时缄口无语。侯腊月跑到栎树枝垛前，扯出一根树枝，撇去叶杈，对我们说："闪开，闪开。"他侧身避开正面单腿跪在洞口，把树枝伸进洞里上下左右敲打了几下。我知道他赶开大家是准备随时逃跑，但他没跑，竖起耳朵听了听，竟把头伸进洞里，接着整个身子也钻了进去。

"呵呵……进来吧。"侯腊月在洞里笑着叫我们。

洞内可容三四个人席地而坐。掏洞的人显然十分用心，他把地上大点的鹅卵石一块块搬到周边，再将玉茭秸一根根拦腰折断，平平整整铺在地上，并用密密的栎树枝横着撑住洞顶。

侯腊月四下打量着说："是人干的。"

"肯定是要饭的弄得。"疤三判断。

在干燥的玉茭秸气息中，我忽然闻到一丝似曾相识的味道，到底是什么味道？又一时说不上来。侯腊月仰起头，使劲抽动了几下鼻子，然后说："出去，你们都出去。"到洞口我回过头，就见侯腊月像狗一样趴在地上似乎在寻找什么，里面不时传出扒拉玉茭秸的窸窣声。过了好一会儿，侯腊月顶着一头破碎的玉茭叶从洞里钻出来。他伸出攥着的右手，激动得两眼放光、满脸通红："看看，这是什么！"

他摊开的手掌上是几块皱巴巴的粉红色卫生纸和一枚紫红色塑料发卡。

"擦屁股纸！"疤三掉头做出一副恶心状。我们在铜矿女厕所下面的粪池里见到过这种沾着血迹的卫生纸。

"你懂个屁！"侯腊月瞪他一眼，脸上闪现出神秘的色彩，"我知道是谁了，这发卡就是证据。"

"谁？"我和疤三异口同声问道。

"朱琴！"侯腊月铁定地说，"这是朱琴的发卡。"

心里咯噔一跳，我想起半个月前侯腊月与邱正菊打架的那个晚上，朱琴指责侯腊月后留下的那股"百雀羚"雪花膏的香味，我知道侯腊月猜对了。

"朱琴，她掏这个洞干吗？"疤三仍然迷惑不解。

"干吗？呵呵……搞破鞋呗！"侯腊月猥亵地说。他顺河滩望着铜矿的红色机房，胸有成竹地自语，"这洞，我猜出是谁掏的了……"

说着，侯腊月把卫生纸和发卡一同装进自己口袋。

就是这枚发卡，竟引出一场轩然大波。

流言蜚语犹如突如其来的瘟疫，随着四九天的西北风在村里的大街小巷钻进钻出：听说了吗……知道吗……羊草垛里发现一个洞……孩子们拾到一枚发卡……谁的呢，你还不知道呀……嘻嘻……呵呵……人家……她们……像是朱琴……

侯腊月顿时成了村里的大红人。他不断出现在大街小巷，被各种人群包围着，妇女、姑娘、小伙子……粗糙的、细腻的、年轻的、老年的，各式各样的手不断从侯腊月手里拿过那枚紫红色塑料发卡看来看去，有人还专门跑到河滩去看那个洞。到底大人们见多识广，羊草垛顶上的痕迹很快得到破译：那是冬季发情的狗们蹚出来的。到后来，其他几垛羊草都喂了羊，唯独这座没人动，仿佛专门树立的一个样板，在供人们参观学习。那阵子只要在街上看到一圈人围着侯腊月，不用问，一准是在说这件事。后来，传言又增添了新内容……朱琴已经三个月没去供销社买那种纸了……一传十，十传百，流言如同四月的柳絮，在村里漫天飘飞……终于，这话被朱琴的嫂子听到，夜里她将这话告诉男人，男人又告诉他爹。老人吩咐儿媳私下去问女儿。朱琴知道纸里包不住火，就把事情一五一十告诉嫂子：她和邵峰谈恋爱，而且怀上了他的孩子，但邵峰从小定着一门娃娃亲……

接下来，事情变得跌宕起伏，一波三折。据说，先是朱琴爹带着两个儿子，一人拎着一根棒子找到铜矿党委书记：让邵峰出来！要么立马和朱琴登记结婚，要么不是你死就是我活！

传说邵峰倒是没抵赖。他对书记说他是真的爱朱琴，要退了那门娃娃亲娶她，可一时做不通老人工作。组织上也想息事宁人挽救他：事情走到这一步，已不再是你个人的作风、道德问题，还事关我们单位和周边群众的团结！给你三天时间，不论想什么办法，抓紧做通家里的工作。否则……

不料还没到三天，那个和邵峰定下娃娃亲的姑娘就由母亲陪着找到矿上来。老太太发话说："开除不开除邵峰，那是你们矿上的事，俺管不着，婚事绝对不退，当初联姻俺也没图他邵峰是工人！"传说，老太太当场就把掖在腰里的绳子亮给书记：邵峰要敢退亲，矿上就给她娘俩准备棺材吧！

那段时间，去看电视的人们都见过那母女俩，她们总是坐在电视机前的最佳位置上。老太太白白净净，烟瘾很大，一根接一根抽着烟卷。那姑娘瘦瘦的，个儿不高，黑红脸膛。周围几个村的女人们在一旁指指画画、评头论足：模样还是个孩子呢……人才不如朱琴……不知道营生咋样……她们说，这下矿上变成钻进风箱的老鼠了——两头受气。

不过，事后大人们评说，铜矿领导在处理这件事上表现出高超的艺术水平：双方都找到矿上要死要活，不就因为当事人邵峰是铜矿职工吗？如果邵峰不是铜矿职工，任你们三方怎么折腾，均与矿上无关！铜矿领导发现救不下邵峰，果断做出"丢卒保车"的决定：开除邵峰公职。

那一阵，侯腊月变得像是麦收时大田里轰出来的一只兔子，整天提心吊胆躲避着朱琴的大哥。那个放羊汉放牧回来总是在村里转悠，只要遇见侯腊月，二话不说挥舞着皮鞭就去抽他。

矿上刚把对邵峰的处理决定报上去，朱琴却拿着大队的结婚介绍信和老翟一起找到书记办公室。她说，弄误会了，事情与邵峰无关。他们确实谈过恋爱，邵峰说明家里的情况后他俩就好合好散了。怀孕呀什么的纯粹是造谣。她已和老翟定亲，马上就去办理登记。今儿就是来给老翟开介绍信的。

一入腊月，男孩们的心就紧张起来。他们不惦记穿戴，更不关心吃喝，牵肠挂肚的只有爆竹。大年初一早晨要比赛着看谁起得早、谁放的炮多！他们毫不吝啬把一年来拔药材、搬蝎子……攒下的体己钱和腊月里卖猪鬃、猪毛、猪小肠的所得，全部换成鞭炮和二踢脚。在花样不多的几个牌子中，细心认真地比较哪种炸得响亮，哪种爱绝捻，冷静倾听同伴的品评、议论，最后才郑重做出购买决定。

那天，我、侯腊月和疤三做伴到收购站缴猪鬃、猪毛，一出收购站大门，就见朱琴和老翟一前一后从矿区那边走过来，朱琴仰着脸大步走在前面，老翟穿着一身工装、两手油污扭扭捏捏跟在后边，一副浑身不自在的形容。侯腊月一见他们赶紧躲到我们身后。快到我们跟前时，老翟忽然站住脚，脸色跟青灰色的矿石一样僵硬地说："朱琴，我知道你是为了救邵峰。你回吧，我还上着班呢。"

朱琴回身往老翟跟前走了两步，把脸扭到一边。过了会儿就听她说："说是也是，说不是也不是。"

朱琴回过头来，我们看到她满脸泪水。她说："老翟，你是不是瞧不起我？"

"不是，不是！"老翟急赤白脸、慌乱地辩解，"我知道……我配不上你……可我……不愿乘人之危。"

我们几乎就在跟前，却像不存在一样，他们两个人径自相互对答着。

"我可是想好了才来找你的。"朱琴笑了，撩起脖子上的方巾角抹去脸上的泪水说，"我愿意伺候你一辈子。"

说着，她上去夺过老翟手里那张纸，仰起头大步向前走去。

"朱琴，我、我总得准备准备呀……"老翟急匆匆去追赶她。

"他们是去公社办结婚登记。"侯腊月说，他脸色蜡黄，跟死人一样难看，"他们……整整差二十岁。"

我和疤三面面相觑。二十岁，这是一个比侯腊月都大的岁数！

来到河滩那座孤零零的羊草垛前，侯腊月若有所思地问我们："你们知道朱琴为啥急着嫁给老翟？"

"图享福呗。"疤三不假思索地回答，"大人们说想嫁给铜矿工人的姑娘都是图享福。"

"也是也不是。"侯腊月望着羊草垛神色黯然地说，"她怀孕了，再不出嫁就露馅了。"

邵峰调到别的矿上，仍然在作业面负责爆破，人好像变得魂不守舍，有一次差点把自己炸死，从医院出来后就做了门卫。这是后话。

老翟和朱琴的婚事是在铜矿举办的。食堂专门杀了一头猪，书记破例开着矿上唯一那辆拉矿粉的东风卡车披红挂彩前来迎亲，这是我们村首例动用机动车办婚事。那天，一街两厢站满看热闹的乡亲，铜矿来接亲的小伙子们可劲燃放着鞭炮和二踢脚，弄得村里比大年初一过年都热闹。终于，朱琴一个人从家里走出来，去送亲的只有大队支书、妇女主任和福顺。瞅着朱琴坐进驾驶室，铜矿的小伙子们打蔫了似的默默爬上车厢，任凭孩子们争抢那些没来得及燃放的爆竹。

大年初一，整个村子都听到侯腊月那杀猪似的惨叫——一根二踢脚把他一只眼睛崩瞎了。那会儿还是凌晨，夜色朦胧未退，他以为那根二踢脚绝捻了，就上前俯身查看，炮就在这时突然炸响。那炮是朱琴出嫁时他抢到手的。

晚饭后，朱琴腆着肚子总在宿舍区的大门口转悠。我们去看电

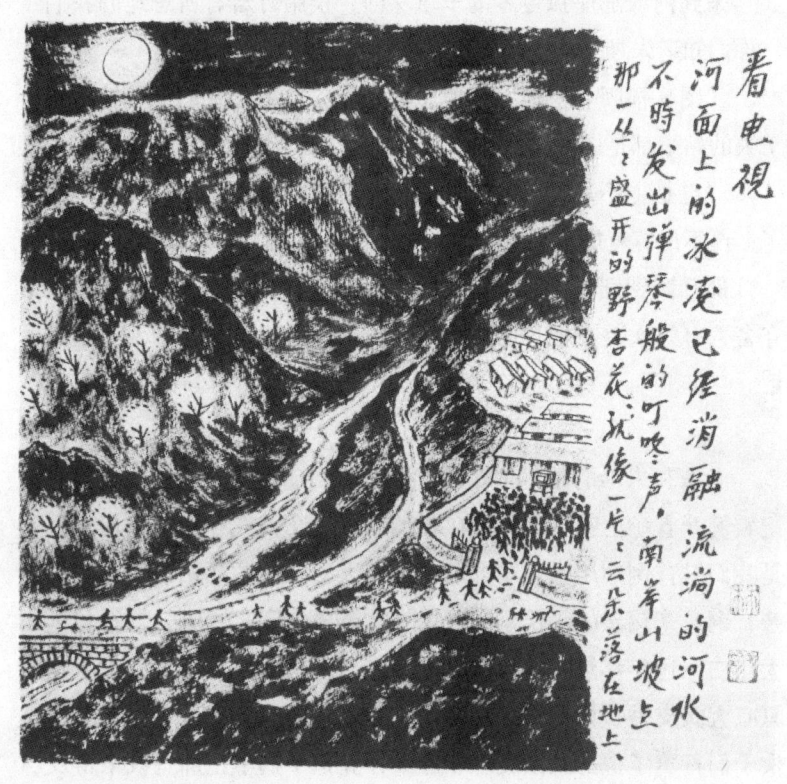

看电视

河面上的冰凌已经消融，流淌的河水
不时发出弹琴般的叮咚声。南苇山坡上
那一丛丛盛开的野杏花，就像一朵朵云朵落在地上，

视，一见面她就招呼老翟给我们拿凳子——老翟利用业余时间做了
许多凳子——我们不好意思坐，老翟硬把凳子塞到我们屁股底下。
矿上规定两个职工一间宿舍，不许带家属，唯独批给老翟一间宿
舍。朱琴就成为整个铜矿唯一的家属。

侯腊月出院后性情就变了，常常自个儿待在一个地方默默出

神，既不和我们一块儿玩耍，也不去铜矿看电视了。春天的一个晚上，朱琴悄悄把我叫到一旁问道："怎么不见腊月来看电视了，他的眼好了吗？"

我说他的眼早好了，就是瞎了，好多人都叫过他，他说什么也不来。沉吟一阵，朱琴悄声说："你回去告诉腊月……可别当着人……就说，我不怨恨他，让他来吧……"

侯腊月终于同意和我去看电视。那晚月朗风清，等大伙走后我俩才出村，走到河滩他站住脚——不久前一个夜晚，那座像样板一样供人参观的羊草垛被一把火烧光——面对那片黑乎乎的灰烬，侯腊月问我："她……朱琴，怎么跟你说的？"

我不耐烦起来："都跟你说一百遍了！她说老翟是好人，她不后悔……"

"你说，"侯腊月继续问我，"假如……我不把发卡的事传出去，她会嫁给老翟吗？"

我不知如何作答，只觉得侯腊月越来越陌生。他沉默着，在月光下显得又瘦又高，已经完全是个大小伙子。

河面上的冰凌已经消融，流淌的河水不时发出弹琴般的叮咚声。南岸山坡上那一丛丛盛开的野杏花，在月光里就像一片片云朵落在了地上。

人事（九则）

一、歌 谣

那几年，我们公社的孩子们传唱着一首歌谣。在学校操场、田间、山野……冷不丁儿就会有人放声高歌：

> 我是郝医生，
> 来到十八沟，
> 吃了人家一块饼，
> 就觉得肚子痛，
> 哎嗨嗨……
> 没等抬到王北坪，
> 就死了一个直挺挺！

歌谣出自谁手已无从考证，反正大家都在唱。

郝医生是公社卫生院的医生。一天，他到一个叫十八沟的山村出诊，中午吃过饭后突然肚子疼起来，人们慌忙抬着他往县医院送，结果刚走到二十里外的王北坪就死了。

很多孩子并不认识郝医生，只是觉得滑稽：吃一块饼怎么就肚子疼死了？！

事情陡然变得让人大吃一惊。县里说是投毒，将十八沟一个叫德福的富农分子逮捕。全公社的社员、学生都参加了那次公审大会。我们学校全体师生排着队，举着语录牌、毛主席像和红旗赶往五里外的会场。那时候人们经常参加这样的活动——开大会要没有学生、红旗、语录牌、毛主席像就缺少了阵势和气氛。

郝医生死了，德福被抓走，十八沟大队的革委会主任大训却成了县革委委员，一时间他在鲤鱼川仿佛陈永贵那样大名鼎鼎。公社播音员操着半生不熟的普通话，三天两头通过有线喇叭广播电话通知：十八沟的大训，十八沟的大训，听到广播后，请于后天下午赶到县革委开会……

大学一年级暑假，我跟着父母去十八沟走亲戚。来到村口时，对面山坡上劳动的人群中突然跑出一个人，嘶哑着嗓子冲父亲喊道：老李——我平反了，是他们冤枉我呢！

父亲冲那边扬了扬手，回过头问母亲那是谁呀？

母亲手搭凉棚看了半天说，像是德福。

二、"反诗"

胡家寨村西那条幽深的峡谷出现一首"反诗"，县武装部专案组进驻胡家寨公社展开调查。

　　"反诗"写在峡谷山道边的一块石头上。专案组找发现者做了笔录，勘查完现场，就让公社陪同勘查的老曹用上衣把石头包住扛回公社锁起来。"反诗"是什么内容谁也不知道。

　　那些日子各村都在谈论这件事情，在街旁的饭场、田间地头、学校……流传着各种各样的传说。人们见了面，无论本村还是外村的，认识的还是不认识的，一张嘴就是这件事。

　　全学区的教师被召集到公社开会，武装部的军人突然出现在会场，发给每个老师一页白纸，让大家写几句话，并宣布对所写内容保密，泄密者要负政治责任。接着，各大队革委会让本村识字的"地、富、反、坏、右"每人也写几句话；团支部对本村的初高中毕业生集中题写了一些生活用语；与此同时，在校初高中生也按照要求写下一些文字上交。一时间全公社都处在紧张、惶恐和亢奋中。"反诗"牵动着每一个人的神经。传说，所写文字被送到北京，专家正在进行笔迹鉴定。人们说一对笔迹就知道是谁了，抓住写"反诗"的人肯定要枪毙……枪毙算什么呀，肯定判极刑……没准要千刀万剐……

　　在紧张的煎熬、等待中，案件突然宣告侦破。

　　写"反诗"的是胡家寨村的放牛汉年根！"反诗"也随之流传出来。诗曰：

　　　　　　在毛主席领导下，
　　　　　　一天不和人说话，
　　　　　　不是打，就是骂！

　　人们在饭场、田间、学校念叨着年根的"反诗"，相互笑骂道："娘的，还挺符合实际！"

可不，放牛汉早出晚归，在山野里除了打牛骂牛，整天见不到一个人影，和谁说话去？！

年根是自首，判了十五年有期徒刑。这家伙世代贫农，五十多岁还光棍一条。

人们说：这下年根可找到白吃饭的地方了。

三、心底的事

山里就屁股那么大个地方，三里五村，尤其是一个公社的大都相识。哪个村、谁家出了件什么事，随便一阵风就吹得尽人皆知，成为街头巷尾的谈资。偶尔村里来几个瞎子或要饭的都能让人们说道好几天。

那一年，我们村先后回来两个五十来岁的中年人：一个叫陶秋山，一个叫侯茂林。他们刚刚刑满释放，二十岁左右的年轻人谁也不记得他们。

陶秋山住到破落地主陶老五家。陶老五七八十岁了，孤独一人，每天颤巍巍地去野外捡回一包玉米秸来做饭，他活着唯一一件事就是烧口饭吃。他是陶秋山本家的叔叔。陶秋山中等身材，紫面皮上落几颗浅麻子，做事轻手轻脚、低声细气，一副小心翼翼的样子，来来去去让你觉得似乎是一个影子。陶秋山买来一群小鸡，有段时间生产队派他给牲口割草，陶秋山缝了一个小布袋系在腰里，割草时顺便捉蚂蚱回来喂小鸡。那群小鸡一见他就扑棱着翅膀围上来，他会和鸡轻声细语地交谈。爷爷说，很早以前，我家东邻有一处被日本鬼子烧毁的"房壳郎"（屋顶被烧毁，只剩四壁），人们就着墙壁在上面搭了一层玉米秸改作羊圈。一年冬天，村里晚上唱戏，羊圈突然失火，烧死很多羊。干部说是有人破坏，最后把陶秋山抓走判了刑。

现在老人们说，那场火其实是放羊汉举着油灯到羊圈搅羊（羊粪温度高，夜里需要搅动睡觉的羊群，以免把羊捂坏），燃着了屋顶垂下的玉米叶引发的。

侯茂林孤身一人住进电磨坊旁的一间小屋。

土改不久，一个王姓贫农在一张靠在墙上的木犁上上吊身亡。一张木犁怎能吊得死一个壮年男人？刚刚分到土地，他没有要死的理由。死者身上还有明显的外伤。贫协和县里的公安员认定是地主分子打击报复，连侯茂林在内抓了五六个人。事后，村里私下传说，那人去找相好的女人，不巧被那家男人撞上，要他拿刚分的地做补偿……

那时侯茂林二十出头，此时已经满头白发，背也驼了。

暑伏后，吃过晚饭村里人爱到村南的河坝上乘凉。刚发过洪水，湍急的流水滔滔有声，泛起袭人的凉气，有人在那里一坐就是大半个晚上。这时候，幽怨、凄凉的唢呐声就越过洪水的喧哗自村南飘来，像刺骨寒风直往人们心里钻，一时间满村空寂。

老人们记起来，早年间遇到红白喜事侯茂林是不可或缺的吹鼓手。

四、九岁的事

村支书三太直接到教室来找孜牛，叫孜牛跟他去大队办公室。

三太是个低头汉子。鲤鱼川人说：抬头老婆，低头汉——意思是说这两种相貌的男女有心计，难斗。三太日常话少，爱琢磨事。此刻，他默默走在前面，孜牛忐忑不安地跟在后头。明晃晃的阳光有些刺眼，觅食的母鸡在街上不慌不忙地踱来踱去。孜牛猜不出三太叫他做什么。大队部在村中央戏楼对面的东屋，北面的正房是一栋瓦房，是村里的"俱乐部"。俱乐部平日锁着，冬季在里面燃一堆火，村里开各式各样的会议。大队部临街那面是一溜板搭门，过去或许是什么店铺吧——老人们总说，事变前我们村不但有集市，还常年开设着饭店、杂货铺、绸缎庄等等——现在在北边一个探出来的拐角处开设了一扇小门。三太从兜里掏钥匙去开门，孜牛回过头，看到戏楼顶上的瓦缝里长着许多瓦楞草。屋里地面较院落低，光线极暗，一脚迈进去孜牛几乎跌倒。他发现三太无声一笑随手拉亮电灯。那是一盏不超过二十五瓦的灯泡，蒙着污渍。三太走到柜台后面坐下。孜牛则坐在对面的杌子上，仰头望着他。

三太似乎斟酌了一下，轻声细语问道："你听没听秋菊喊过'打倒XXX'的反动口号？"

孜牛浑身的血顿时都涌上头，他觉得自己的脸肯定涨红了。秋菊是他的同班同学，长着一头异样的"羊羔毛"。愣了一会儿，孜牛听见自己说："听到过。"声音竟然不像是他说的，显得十分遥远。

"她在哪里喊的？"看不清三太，他的脸躲在灯光后面。

"梁家湾，拔猪菜的时候。"孜牛觉得口干。

"还有谁听见了？"

"天民……还有逢时……"

停了一会儿，三太说："好了，你上课去吧。"

走在灿烂的阳光下孜牛有一种如释重负的感觉。等回到教室坐下，心里就忽然不安起来：三太肯定会问天民和逢时，他们会怎么说呢？

放学时他悄悄把天民拉到一边：你听没听见过秋菊喊过……三太肯定要问你。听到过，听到过——天民兴奋地说。是不是在梁家湾……不是，是在南洼拾柴时……孜牛的头涨大了，心上像爬满蚂蚁。草草吃过午饭，他在河边找到游泳的逢时。河里的同学乱喊乱叫要他下水，看他不脱衣服，就骂他胆小鬼！孜牛知道他们是怕他向老师报告，学校严禁学生中午私自游泳。但孜牛懒得搭理他们。逢时在他催促下跑上岸，哆哆嗦嗦躺在一块沙窝里，不住往自己身上撩沙子。你听没听到秋菊喊过……三太要找你……孜牛站在逢时身边，炽热的太阳曝晒着一河滩大大小小的鹅卵石，无遮无拦，他身上像抹了油一样往外冒汗。听到过——逢时终于在热沙里缓过劲来。是不是在梁家湾……不，是在杏树沟割荆条儿……孜牛就像梦到自己正跌进无底深渊，那种坠落让他有一种虚脱无助的感觉，脑海一片空白。

三太后来到底找没找逢时和天民对证？

这件事在孜牛惶恐不安中竟不了了之了。

三太毕竟是一个成熟的大人。孜牛多年后才想明白：他们谁都没有听到秋菊喊那句口号。他们之所以那么说，是因为秋菊家是破落地主，三太是支书，他们渴望置身这件事中。

那年他正上三年级，和逢时、天民都是九岁。

五、重 逢

人们都说丈夫南下后遗弃的那个老媪是个要强、智慧的人。

按鲤鱼川的说法，她是离婚没离家。一个人硬是把儿子拉扯成人，又给儿子娶妻成家。

多年后，前夫带着南方一家人回来那天，儿子和媳妇带着孙子到村边迎接，老媪在屋门口的前檐台上铺下一领苇席，坐在上面去给一件棉袄絮棉花。

那一家人被乡亲们簇拥着提包携箱走进院里，热闹的招呼和纷乱的脚步在她面前戛然而止，所有的目光都集中在老媪身上。

"娘，俺爹回来了！"儿媳上前小心翼翼地说。

老媪仿佛聋了，低着头，继续不紧不慢地絮棉花。

把父亲一家接进门的儿子没有说话，他不能说话。看着佝偻在地上絮棉花的母亲，近三十年来孤儿寡母相依为命的漫长岁月酸红他的双眼。

"大姐，你好啊！"这时，一个异样的声音在老媪耳边响起。

心怦然一跳，老媪抬起头，那个南方女人就立在自己跟前。她定定神，目光越过这女人投向院里的几个孩子的后面——眼前站着一位白发如霜、脸上布满黑斑的老者。似曾相识，却更多陌生。

原来好也罢，歹也罢，岁月不肯饶过任何人啊！

看看眼睛红红的儿子，又看看熟悉而陌生的前夫，老媪心里发出一声悠长的叹息，三十来年的酸甜苦辣和人生况味似乎都在这无声的叹息中一吐而尽。

"回来啦，进屋吧。"老媪站起身对他们说。

六、尚闻香

每个村差不多总有那么一两个让孩子们害怕的人。

尚闻香是一个六十挂零的瘦老头，中等身材，三角眼，在村里当林业队员。夏秋季节拾柴、割荆条儿、搬蝎子……孩子们突然会在某个山沟或地边和他相遇——尚闻香脖子上搭着烟袋荷包，倒背着手信步走来，那双三角眼像猎狗一样精光闪闪地从他们身上扫过，使人不由自主就紧张起来。

尚闻香早年当过大队会计，是村里读书最多的人——像《三国演义》《西游记》《三侠五义》《三言二拍》《红楼梦》《金瓶梅》他都读过。但他从来不给人们讲书上的事。不像村里另外几个爱读闲书的人，比如侯四啦、山凹啦，他们喜欢给人们讲故事，哪怕是道听途说呢，也煞有介事、添油加醋地去给人们学说，这使他们显得和蔼、平易。尚闻香是个沉默的人，不知是因为口才不好，还是不屑于向人们显摆。但沉默使他聚敛起某种阴沉的力量，村里大人孩子似乎都敬怕他三分。

那时，隔三岔五就闹一场全国性的"运动"，基本都是针对当权的各级干部。每次运动搞到村里，尚闻香都是"上级"——驻村工作组、宣传队的依靠对象，类似"堡垒户"，说白了就是参与"整人"。尽管背后留下这般"恶"名，但这才是人们敬怕他的真正原因。林业队员是村里令人羡慕的差事，夏天以看护"封山育林"的禁山为主，秋季则主要看护庄稼和果树，其实就是到田边地头或山上转悠，由大队每天记十分工，既实惠又轻松。尚闻香已经六十出头，让他当林业队员，在大队干部显然是想表示对他关照，但人们却从中体会出讨好的味道来！

尚闻香清楚人们的心理，他总是倒背着两手，悠然自得地行走在山野和田间。

七、村　戏

村里成立梆子剧团，年轻时抽大烟闹得家破人亡的五爷老来格外热心公益事业，卖掉多年积攒的三布袋芝麻，赞助剧团置办起"箱"——戏装、道具。村里人都跟着捐款，是一心要有个热闹。他们说要搞就要搞好，托人到省城梆子剧团请来一位退休演员做教头，冬闲三个月每天晚上都在俱乐部排练。教头是个女的，条件是管吃管住，每月三百元外带一条香烟。这在当时无异于天价，但我们村毫不犹豫就答应下来。

几年过去，剧团居然学会好几出戏：像《蝴蝶杯》《审诰命》《秦香莲》《打金枝》《窦娥冤》等。临到正月演出，十里八乡都赶来观看，一时间我们村剧团在鲤鱼川名声大振，很多村排队请他们去演出。有一年全县会演，居然把县剧团都比下去——剧院门可罗雀，我们村剧团的戏台下面却人山人海。这是大人们自豪的回忆。我觉得，那种结果极可能因为我们是在广场义演，不卖票的缘故。

要把戏唱好，先得有好角儿。

事实证明花在教头身上的钱并不冤枉。几年过去，她硬是给剧团培养出好几个好角儿：男的有振平、贵喜和三林；女的则是金华和王珍，都是十八九、二十来岁。每天天不亮，女教头就带他们去村南的河滩咿咿呀呀吊嗓。冬天最数河滩的风犀利，一经扫过手脸皆皴，脚上早起了冻疮。晚上排练，女教头手执一根五尺来长的藤条，一旦他们动作或唱腔出现差错，挥手就是一藤条，晚上脱衣服一看，那地方早肿起一道血印。围观的乡亲却称赞：好，严师出高徒！

王珍性格沉稳，学青衣、老旦。金华长得高挑娇嫩，嗓音清脆，则学花旦。她们学得刻苦，演出又投入，每每在舞台上唱着唱着就掉下泪来，令台下的观众无不泪湿衣襟，将她俩传说得如天仙。王珍和金华悄悄结拜了干姐妹，私下商定，要嫁就嫁到同一村，仍在一起搭班唱戏。女人和男人不一样——男人是树，无论生长在多么贫瘠的土地上都得顽强扎根，努力为这个世界撑起一片阴凉；而女人是云，不知如风的命运会将她们吹向哪里。王珍先到结婚年龄，她嫁给了本村在外工作的一个卡车司机。金华钟情剧团一起唱戏的振平，却被振平一口回绝。振平对王珍说："要说我不喜欢金华那是假！但她那细皮嫩肉、杨柳细腰的身材、体质，在咱这穷山沟能受得了这份苦吗？就是她愿意，我也于心不忍！"金华母亲早已去世，父亲是南下干部，在南方重新组织了家庭。她从南方回到村里，跟着奶奶和叔叔一家在鲤鱼川长大。振平是寡母拉扯大的，下面还有两个年幼的妹妹，家境自然艰苦。王珍没说话，只是眼含着泪花长长叹一口气。金华到底远嫁他村，丈夫是一个青年军官。出嫁的头天晚上，振平和王珍约了剧团几个人去看她，金华一见他们不禁失声痛哭。王珍就哄她、骂她。金华伤心地说："咱们再不能一起唱戏了！"振平红着眼叹道："嗨，看这形势啊，以后这戏，就是想唱也唱不成了！"

果然，没过多久中学的红卫兵就开始破"四旧"。他们先是挨门逐户地砸毁佛龛、佛像，到地主家的墓地去推倒墓碑，后来突然由剧团演出的才子佳人剧目，想到了存放在五爷家那"箱"，就气势汹汹打上门来，结果被五爷手持粪叉赶出来。老头子愤怒地高喊："你们想砸'箱'就先得砸了我！"红卫兵都是本乡本土的子弟，回家就挨了大人数骂，虽然不服气，但此事却不了了之。

五爷一直悉心守护着那些"箱"，每年入夏都悄悄晾晒。等它们再派上用场已是整整二十年后——村剧团恢复了，当年的主角振平、王珍、三林、贵喜不但演出，还开始传、帮、带。

只是金华已经去世——她随军去了丈夫所在的部队，水土不服死在遥远的异乡。

接到信息那个夏夜，王珍在村南的河坝下告诉振平，两个人对着满天星星痛哭失声。哭着哭着，王珍突然扑上去在振平的手臂上狠狠咬了一口。

八、贫　农

张石山六十挂零，满口牙已差不多掉完，瓦刀脸的两腮就瘪下去，原本魁梧的身材变成了驼背。尽管平日少言寡语，不显山不露水，但张石山在村里很出名。一来因为他是种庄稼好手，耕、耩、锄、耪样样精通，干活肯下力气；二来源于他会过日子，他们家吃红薯从来不剥皮，老婆做饭若做多了，即便是口菜汤也会遭到他责骂。一年四季，张石山穿戴得比叫花子强不到哪儿去。这前者无疑是优点，而后者在人们眼里则实属缺点。老人们说，能干活、会过日子，那是张石山年轻时当长工养成的习惯，但变成这样沉默寡言可是后来的事。说这话的时候，他们脸上总是意味深长地一笑。

张石山年轻时给侯家当长工。小伙子勤勉，有一身好气力，颇得东家赏识。临到土改，咸鱼翻身，张石山当上贫协主席，他们家也因此在侯家八亩园分到二亩上好的水浇地。那是怎样的土地啊！张石山不知耕种过多少遍，心里当然清楚。在他眼里那不是土地，简直就是雪样的白面，是喷香的馒头、大饼！游手好闲的表弟紧挨

人事之八贫农

一个阴云笼月的夜晚，表弟子夜时分玩牌回家，突然一块南瓜般的大石头从天而降，差点没把他砸扁。

他家也分到三分水浇地。表弟是个不务正业的单身汉，张石山在地里劳作的时候，常常望着旁边因管理不善长势稀松的庄稼，替那三分水浇地抱屈！

鬼使神差这话说得一点儿不假。一个阴云笼月的夜晚，表弟子夜时分玩牌回家，突然一块南瓜般的大石头从天而降，差点没把他砸扁。惊慌逃跑时，表弟一回头，看到朦胧夜色中张石山那高大的身影正矗立在路旁的茅房顶上。

他状告到区政府。

张石山对区里的干部说，他天天睡不着，一躺在炕上就替那三分水浇地心疼，疼得他睡不着觉。张石山因此被免去贫协主席的职务。

这段故事已被时间深深埋进老人们的记忆，宛如一本尘封的书，只有风儿闲来无事，偶尔掀起它的一角。

九、侯　耳

媳妇死后，侯耳带着三个半大不小的儿子——大狗、二狗、三狗一起生活。

大狗小学一毕业就辍学回生产队放羊，和侯耳一起供二狗、三狗念书。一家四条光棍，侯耳绝了续弦的念头，哪个女人肯跳这个"火坑"！

说不清啥时候，侯耳交上一个"女朋友"，山西人，该是秋天去岭那边换梅豆或土豆种相识的，就亲戚一样走动起来。有时生产队正在村边地里干活，村口有人热烈地高声呼喊：

"侯耳——侯耳——快回来吧，你女朋友来了！"

干活的顿时哄笑起来："快回吧侯耳，中午是打卤面还是捏饺子？"

"家常饭，家常饭。"侯耳红着脸，乐呵呵收拾农具回家待客。

女朋友不是带几把儿苇叶，就是一升梅豆。苇叶包粽子，梅豆蒸年糕。侯耳回馈女朋友的则往往是几升麦子——山西缺细粮。

此后几天，侯耳和他的女朋友成为田间地头的谈资笑料。不知那女人有无丈夫或家庭，也不管是否当着二狗三狗，人们只是撺掇："娶过来吧，省了这么翻山越岭地相会！"明明知道侯耳没有那份实力，也清楚无法实现，只是起哄开心。

及至二狗高中毕业，三个壮劳力养活一个吃闲饭的三狗，家里日子才明显宽裕起来。此时，侯耳已五十有余。

腊月，双柱去与山西交界的草帽山拾干柴，蹚上地炮，膝盖被打伤，治疗一年有余仍不能劳动。侯耳和村里另一光棍成为他家常客，风言风语遂在私下流传开来。此时，大狗已到结婚年龄，正张罗对象，怕为父亲名声所累，就和侯耳摊牌，侯耳从此不敢再去双柱家走动。

一日，欣嫂和丈夫林冲打架，口无遮拦地说："嫁给你，还不如嫁给老侯耳呢！"是气话，劝架的听了呵呵直乐。恰巧侯耳挑水经过，把这句拾在耳朵里，回家换了件豆绿色新秋衣，挑着空桶踅回来。人们劝散了架正在街旁吃午饭，一见之下笑得把饭喷出来，齐叹侯耳："人老心不老！"

去年，两个幼时伙伴来市里打工，问起侯耳，说："死了，肝癌。"

大狗、二狗、三狗呢？倒是生活得都好。

钟　声

　　金权早上醒来一准是六点来钟。

　　耳边"当儿，当儿当儿……"的钟声鸣响，震得他耳鼓胀疼、头晕恶心。他翻身从被窝坐起，把下巴支在双膝上大张着嘴，两个食指使劲堵住耳朵眼儿，好像这样就能把钟声挡住一样。

　　终于，熬到那阵钟声响过去。看着发白的窗纸，他开始窸窸窣窣穿衣服。媳妇在被窝迷迷瞪瞪咕哝了句："不晚哩。"

　　金权伸进裤子的那条腿停在那儿，过了会儿他把另一条腿也伸进裤腿，跳下炕系着腰带说："我先去挑担水。"

　　大门虚掩着，一双正上初高中的儿女已经去上早校。他担起水桶走下台阶，不由自主向街南边那棵洋槐树望去，晨光中除了将开未开、业已泛白的满枝花束，树上什么都没有。金权往村中央的水井走着，感到两腿酥软，是迈不开步的感觉。唉，一冬天下来把个人都歇坏了。

　　担水回来，媳妇已经把饭做好：馏饼子、熬菜汤。媳妇的利索是全村出名的，一个人擀片供得上仨人包饺子。

金权吃着饭，媳妇将一条粗布白包单给他绑在靠墙竖着的那根槐木扁担上，问："买几把儿？"

"三把儿。"金权喝下碗里最后一口熬菜汤，说，"问过占功叔了，他说那点地顶多也就栽三把儿。"

去年秋天分地，金权家分到南台上一片旱地。那块地过去生产队年年都是栽山药，现在分给了三家。前两天经过时正巧看见文秀在那里栽山药，他才意识到已到栽山药的时候，自己也该栽山药，不栽山药又种什么呢？生产上的事以往都在队长占功肚里装着，他会提早安排人手盘好山药洞，一入春便开始熏山药芽；不熏的话就派人去集上买，两个人每人挑回鼓囊囊两大包。红薯芽娇嫩，用阴湿的粗布包单包裹起来运输既能保持水分，还不至折断根茎。过去金权也给队里买过山药芽，如今轮到自家过日子倒把这事忘得一干二净。

"两毛五一把儿？"媳妇递过一块钱，"剩下的钱买俩缸炉烧饼，你吃一个，给秋儿带回一个。"

儿子是秋天生的，就叫秋生。

"上集他们都是两毛五买的。要早想起来，上集让人给捎回来就好了，省得跑这趟。"山药芽论把儿卖，一把儿差不多对掐粗细。金权接过钱，在贴身口袋装好，抓起靠墙的扁担走出门。扁担上的包单鼓着一个疙瘩，裹着媳妇给他中午吃的两个玉米饼子。

"别吃后悔药了，闲着也是闲着，就当去散散心吧。"媳妇在他背后宽慰说。

一出门，金权又朝街南边那棵洋槐树看去。洋槐这树是未生叶先开花，届时一串串稠密的花束浓浓白白挤满一树，散发出甜腻的芳香，招引无数蜜蜂在花间"嗡嗡"着往来劳作。妇女或孩子也趁着花嫩一篮篮捋回家，掺上玉茭面蒸几顿"菜糊涂"，节省粮食呢。

早先，他们一队的钟就挂在这棵洋槐树上。每天早晨、早饭后、午饭后这三个时间，生产队长占功就站在树下开始敲钟。占功是瘦高挑儿，看到他举着右手拉动钟绳的样子，金权总是想到打核桃的酸枣木杆子。

"当儿，当儿当儿……当儿，当儿当儿……"

钟声一缓两急，清亮悠扬，这是占功敲钟的特有节奏。

那会儿，每个生产队都有一口钟，队长通过敲钟召集社员、分派活计。虽然习惯上都叫钟，但各队的钟却五花八门，二队的钟是半块破齿轮，五队的钟呢则是一截铁轨，那又怎么能算钟呢！只有一队的才是正儿八经一口钟哩。占功要面子，说别小看个钟，体现着生产队的精气神哩！叫上金权专门跑到相邻的山西洪泉镇背回这口钟，挂在这棵临街的洋槐树上，人们都觉得大小适中，声音清脆。再听到其他队敲钟，一队的社员就笑起来，说那也算钟？充其量是个动静儿！因为材质、大小不同，各队的钟不仅声音有别，而且每个队长有个人的敲钟习惯，往往一听声音和频率人们就知道哪个生产队要下地了，绝对乱不了。挂钟的这棵洋槐树隔街正对金权家南窗，日日年年、年年日日听惯了，钟声就在脑子里生了根，每天不等占功敲钟金权就自然醒来，他总是第一个出现在队长面前。等社员到齐占功就说，金权今儿你带谁谁去哪哪锄地吧、间苗吧、刨地吧、割麦吧、锄玉荽吧、割谷子吧……金权是副队长，耕耩锄耢样样在行，人也实在，让他带人干活儿占功放心。比如刨荒——春天，每个生产队都会选择一些平缓山坡开垦出来，撒上谷子。那是生荒，谷苗是否能出齐全与墒情有关，更和地刨得深浅，能否将荆棘、野草铲除，把石头捡净有关。半月二十天后，生产队来间苗。占功站在地边就说，大伙先不忙下地，都看看哪儿是自己刨的。有人当初刨地不出力，只是拿镢头在地皮上轻描淡写地划拉，那地方自然长不出好苗。金权刨过的那片地不但苗出得齐全，而且长势旺盛。占功就说看看吧，苗上看得见良心哩。有人脸红热起来，缩着脖子把头扭向别处；而金权像听到表扬一样，心里涌起一阵满足和自豪，脸上红扑扑就放出光来。

有些人庄稼活也好，却没人选他当队长、当模范，嫌他自私。比如文山，他往往赶在队长敲钟之前抢先把自家猪圈的整整一圈粪起出来，再倒进栎树叶子、垫上土，出工时就明显力不从心。那时，在生产队除出工能挣到工分，再就是造粪，几担粪合一个工。人们知道文山的习性，故意装作不经意间说哪哪洼里的落叶真厚！第二天文山一准起个大早就去了，到那里才明白原来上当受骗。回来自然耽误了出工，占功就没好脸色给他看，人们心里笑着故意问他，文山那么厚实的叶子，今天跑了几趟啊？年轻人就给他起了个外号叫"草上飞"。

"别踩我！"突然响起一声嘶哑的尖叫。

真是人老觉少，这么早占功的爷爷已经靠墙坐在临街的门台旁。不知谁家放出鸡来，一白一黑两只母鸡在他脚边踱来踱去低头觅食。老头儿目视前方，睁着灰白色的两只眼，但他什么都看不见，赤脚医生说是白内障。老伴和三个儿子已相继过世，如今他九十几了，孙子们没一个能说清楚。老头坐在一个蒲墩上，脖子挂着烟袋荷包和火镰，脚边燃着指头粗细一条火绳，那是点烟用的。但人们已经好多年没见过他吸烟。只要天气晴好，他总是默默坐在那儿，看上去如同谁家丢在那里的一棵老树疙瘩。偶尔，那棵"老树疙瘩"突然就激动地叫起来："哎、哎，别踩我！"两手在身前用力划拉，做出推挡的架势，好像有人拥挤撞上他。人们私下说，这老头把儿子们的寿数都占了，如今阴阳不分，是和另外时空的人说话哩。这事听起来瘆人，习以为常了，便当成笑料。

金权走在冷冷清清的街上，心里漫起一阵茫然。土地承包后，个人关起门来自家过日子，爱干什么就干什么。金权突然发现自己不知道该干什么！心里时常感到惶恐。

出了村往东一拐，他沿着山根的公路向三十里外的野草湾走去。

百余里长的鲤鱼川，自野草湾以西就进入崇山峻岭的太行深山区，最西端与山西昔阳县接壤，大山连着大山；往东则是越来越低的平缓丘陵，一出川就是广阔的华北平原。平缓的沙土坡地最适宜栽种山药，于是每到春天野草湾附近村村都熏山药芽，熏出来留下自己栽的就拿到野草湾卖。整个鲤鱼川就这一个集市，山药芽自然是卖给山里人。山里村小地少，栽山药也少，大多数生产队不肯去费那工夫。

金权走得热了，去把脖子扣解开。这一冬着实把个人歇得快散架了。以往，每到冬天占功就带领社员们到河滩拉土垫地——学大寨哩，万里千担一亩田。只是还没等把地种熟，遇到雨水大的年头就被洪水冲毁，来年大家再接着修，村村如此、队队一样。人天生就是干活的物件，不能歇着，歇着浑身的骨头就散架了。照说，这个冬天金权并没完全歇着，媳妇搂树叶造粪，他打柴——男人们趁着冬闲要打够一年烧的柴火。栎木枝干大队不让动，能打柴的就是黄栌、山榆、荆棵等灌木。一概拿斧头砸，砸下的灌木根部带一块疙瘩，这样耐烧。年年打柴，打来打去即使走出十里八里，山上的灌木也只是小手指粗细。金权劳力好，一捆总能扛一百五六十斤。

这天，他扛着柴火回来，看到有人在村边树林里明目张胆砍栎树枝，放下柴捆偷偷一瞧发现竟然是占功。他走过去仰着头悄声问："叔，大队不管啦？"占功在树上愤愤说："他们把整面坡、整条沟都卖了，老百姓砍个树枝还不行？你去看看别人都打什么柴！"声音大得吓金权一跳。占功也是六十的人啦，土地承包后一反过去当队长的老成持重，好像总有满肚子无名火，整天黑着个脸：要么沉默不语，要么说出话来像鸟枪一样冲人。回到家把柴捆放在柴垛上，金权就势到别人家房前屋后转了圈，果然发现一半人家的柴垛竟都是清一色的栎树枝！干部出卖山林这事，前一阵人们热热闹闹议论过。大队干部发不了补贴，先是划出一条沟，过一段又指定一面坡让人们报名顶价，8万元、10万元就承包给某个人。承包人顶下哪面山坡或是哪条沟，去公路边的河滩选一块平地，就在村里的大喇叭上广播，招呼冬闲的劳力去砍树，砍下来扛到公路边，按树干的粗细长短给工钱，于是青壮劳力一起上山去砍树，几十年、近百年养护起来的森林十几天就被夷为平地。连胳膊粗的小树都不放过。有人说，老祖宗留下的产业不能净便宜狗日的村干部！再打柴就径直去砍栎木枝，既近便又省力。逐渐有胆大的，干脆带着锯子上山，伐倒一棵栎树，再将树干截成尺八长一段段，抡起大斧劈成劈柴，既能做饭又能烧炕取暖。大队干部也只好睁只眼闭只眼。金权一天砍三捆，砍了半个月栎树枝就够一年烧了，转身又去搂树叶，人们说你家那点地能用多少粪？多余的又换不成工分！金权就没事干了，磨快斧头，锉好锯子，专等有人顶下山林，好随人们去砍树。砍树得的是现钱，每天把钱交到媳妇手里，两个人都是眉开眼笑，夜里在炕上躺下金权心里却又觉得有点那个。哪个呢？是替那几十年养护起来的山林惋惜，还是觉得这钱挣得不大妥当！一时他也说不清。反正觉得不如过去生产队分红舒心！过去在生产队里他是十分劳力，一天一个工；媳妇是妇女队长，一天挣八分。夫妻俩都在壮年，一年到头几乎没有缺勤的时候。川外平原土地宽广，人们可劲种粮食，但除了卖余粮再没其他进项，一个工值才几分钱、一两毛，能到三四毛就不错了；山里耕地少，打的粮食不够吃不假，但却出产核桃、柿子、黑枣等干鲜果品，羊圈有羊群，猪圈有肥猪，山上有栎树、荆条，工值总能达到六毛、八毛。金权最喜欢年终分红——全队的社员都聚到占功家，一个个戳在屋里地上，把整盘炕都留给会计。炕上放着占功家吃饭的低桌，会计把他的账本、算盘摆在低桌上，露能显摆一样眼瞅账本，手指瞥里啪啦拨动算盘，按每个人的出工天数和工值报出各家所得。金权家虽然劳力不多，但分红却不少。看着他媳妇从会计手里接过钱来，文山眼红地说，这俩人呀，简直是俩驴。哄笑声中有人接住话茬儿说，不假，一头草驴一头叫驴！分红前，照例先选模范社员，一女二男，十有八九得有金权或他媳妇。有时选举前占功会事先找到他家来，说今年你俩就让让吧，也鼓励鼓励别人的积极性。金权笑着拿眼去瞅媳妇，媳妇也在笑，说那就让吧。让是让了，心里仍然觉得自己是模范，和当选一样扬眉吐气。金权感到钱是一样的钱，但砍树得来的钱无论如何不能和分红所得相比。似乎这钱比不上那钱金贵！

去年收过秋，仿佛当年闹土改，上级一声令下，各队将土地划分成一二三等，按人头平分到各家各户。人们咧嘴笑着，仿佛分到的不是土地而是幸福。急急忙忙投入耕田种麦。种上麦、砍完树、打够柴，人就闲下来，再不用喝着冰冷的西北风去河滩修滩造地。悠闲的人们两手抄在袖筒里在街上走个碰头，你看我、我看你只管笑，为这自由自在的日子开心。

　　金权也跟着人们笑，笑着耕地，笑着种麦，笑着砍树、打柴。砍完树、打够柴他笑不出来了。一天清晨，他被窗外的钟声惊醒，起身来到门外，还没完全从暮色中苏醒的街道空空落落、阒无一人。铁钟像个硕大的马蜂窝静静悬在光秃秃的树枝上，占功居然没有站在树下！他怔怔地立了一会儿，就往占功家走去。占功家黑着灯，金权来到窗下叫道："占功叔，你敲钟了？"连问两遍，占功婶子拉亮灯，在炕上骂道："地都分了，还敲你娘个脚的钟啊！你吓死我了。"金权这才想起生产队解散了，占功已不再是生产队长。这件事让占功媳妇传出来，一时成为全村的笑话。

　　每天早晨金权都被窗外的钟声叫醒。

　　有一天，他刚翻身坐起背上就结结实实挨了一巴掌。媳妇在被窝骂道："发什么神经，天生受累的命，就不能多睡会儿多躺会儿！"说完翻身搂着被子睡去。金权光着脊梁呆呆地坐在被筒里，一时弄不清天天敲响的钟声是来自窗外还是自己脑子里。后来就听见两个孩子咣里咣当关上大门往学校走去。窗纸又亮了几分，映出媳妇白白胖胖一身肉，这娘们，啥时养下这身好膘……心里既陌生又新鲜，这娘们……他爬上去把媳妇搂住。媳妇迷迷瞪瞪由他折腾，折腾来折腾去，媳妇就叫唤起来，反过身把他紧紧抱住……完了事，两个人赤条条平躺在炕上，才察觉出了一身细汗，心里竟有种从来未有的快活。媳妇咬着他耳朵说歇出驴劲来了！金权说就是，闲的。媳妇扑哧乐了，想起才结婚那工夫金权就知道搂着她摇晃，好像她是棵啥果树，他要把树上的果子摇晃下来。头一次回娘家，嫂子把她拉到自己屋，私下问她那事可好？她红着脸不吭，被纠缠不过，就说有什么好，摇晃树一样！嫂子不明白，不依不饶打破砂锅问到底，明白过来就笑弯腰、笑出泪来，呵呵呵呵，摇树……你们……没吃过猪肉，呵呵呵呵……没见过猪走？！……取笑够了，才如此这般说教一番。再见面嫂子笑问，比摇树好吧？她笑着、追着嫂子打闹。他们先是"摇"出大闺女，后来又添了秋生。整整劳动一天，孩子又睡在身边，那事就逐渐寡淡了，越来越稀少。他们从没这么大天白日地日弄过，你看着我我看着你，啥啥都一清二楚，彼此都觉得新鲜、美好，这把岁数两个人竟合在一个被窝睡起觉来。那一阵，金权每回被钟声叫醒，就发现媳妇正笑眯眯眯着他……新鲜也有个够，那股劲过去，金权醒来就觉得赖在炕上和受罪一样，两眼眯着屋顶翻来覆去没个着落。媳妇就骂他，烙饼哩，贱样！

生活在不知不觉地发生变化。他们村的有顺承包了公社的橡胶厂，他原本就是厂里的技术员兼业务员；相邻公社的拖斗厂也让原先的业务员承包了，所有客户都在他手里攥着，别人玩不转。以往他们用公社的钱买通关系，现在一下变成自己的资源。上级号召人们贷款办企业、搞副业，无工不富嘛。报纸、广播、大会小会都在说哪哪的谁谁办企业成了万元户，哪哪的谁谁搞养殖发了财，县里树了好几个典型。村东头的邱振廷就贷款买回一辆旧卡车跑运输，跑了还没一个月在外地被查住，发现买的竟是辆重新烤过漆的报废车；福平胆儿最大，贷了10万元的款，买个保险柜把钱放在里面，卖肉打酒，花一张拿一张，却什么生意都不做，他爹平时对儿子娇生惯养，这会儿急得犯了心脏病。有人去试着养羊、养猪、养鸡……金权对占功说："叔，我不知道自己该干什么？"占功黑着脸说："你不看看那都是些什么人？人家干的你一样也干不了，撑不着饿不死就行了！"

一天，金权去收购站卖药材，看到废铁堆上有口钟，不禁大吃一惊：这不是俺队的钟吗，怎么会在这里？！这口钟他太熟悉了，天天见面的物件能不认得吗？收购员二狗翻他一眼说，你队，你还有队呀！还怎么会在这儿，难道是我偷来的？回到村里金权没进门就径直奔占功家报告，有人偷了咱队的钟，都卖到收购站了。占功一愣神，破口骂道："王八蛋，连口钟也不放过！"金权说："这事你说会是谁干的？"占功正在院里抡着锛子锛椽子，准备给小儿子盖房娶媳妇，他擦了把汗说："谁有空儿去操那鸡巴闲心！"金权看出占功虽然嘴上说不操心，心里到底还是在生气，就说："要不咱让大队查查？""一个个都钻到钱眼里了，他们还给你管这事！"占功骂着，锛子落下来差点锛在自己脚上。

回家路过那棵洋槐树，金权望着原来挂钟的树枝看了半天。到家说给媳妇，媳妇说管谁偷的哩，没了倒清净。晚上人们聚到街上来吃饭，金权又把这事讲给大家，有人说准是孩子们干的；有人说大骡子大马都没了，一口破钟有吗用！竟没一个在意的。

金权悄悄找到学校，让校长帮助查查，看看是哪个有娘生养没爹教育的东西偷的钟！校长心平气和问他，你有线索没有？没线索这事可不好查。既然收购站收下了钟，他们能不知道谁卖的？校长的话让金权茅塞顿开，二狗肯定知道偷钟的人！他回家拿根枥树枝挑起风干的猪小肠又去了公社收购站。缴了猪小肠，把钱收好，他去废铁堆上把那口生锈的铁钟拎到二狗面前。二狗把他的猪小肠扔到收购的小肠堆上，坐在火炉边瞅着他。金权一手提钟一手拨动钟锤，那钟就活了一样"当当当"乱响。二狗说："金权你没疯吧？"金权说："没队了这钟也是队里的物件！你肯定知道谁偷的。"二狗说："我知道，但我不告诉你。要真喜欢你就背走吧，算我没收。"金权心里大喜："真的？"二狗嘴角叼着烟，眯眯起一只眼睛说："真的。"二狗一脸诚恳，金权倒犹豫起来：背到占功家？他想起占功那张黑脸，不是队长了占功要它干什么……放到自己家？一准儿会挨媳妇骂……把它重新挂到树上？人们看到不定又会传出什么笑话……他说："我不是想要这口钟，就是想知道谁偷的，好歹这是生产队留下的一个物件。"二狗不解地瞅着他说："金权我看你不是和钟过不去，你是和自己过不去哩！我告诉你谁卖的，得罪人的是你，不告诉你是为你好。除了你，谁咸吃萝卜操淡心，关心这事！"金权犹豫半天，把那口钟又放回到废铁堆上。

快出正月的时候，金权又去了趟收购站。他也说不清自己是想追究偷钟人还是想再来看看那口钟。但他只看到一片空地，那堆废铁和那口钟都不见了。

金权照常在清晨六点醒来，钟声仍然不依不饶在他耳边轰然回荡。那口消失的钟仿佛变成孙悟空钻进了他脑子里，挂在一个什么地方。现在它不只是早晨敲，随时随地都可能突然敲响，紧贴着耳根，嗡嗡轰鸣，震得他吃不好睡不香，浑身无力，脸色苍白，丢魂落魄一般痴痴呆呆。媳妇便有些没好气。老人们碰见他问："金权你病了？看你瘦的。""没，没病啊。""没病怎么脸白得跟窗纸一样？""我没病，就是脑子里老有一口钟在敲。""脑子里怎么会有钟？"老人们瞅他的眼神惊异起来，背后找到他媳妇嘱咐尽早去给他看看医生。媳妇拉金权去问赤脚医生，医生说是神经衰弱，给了他一袋谷维素，吃完不顶用，医生让继续吃，又给他每晚加了两片安定。吃了倒是睡得香甜，但一到早晨六点来钟金权照样醒来，那钟该响还响，震得他脑仁疼。

金权变得沉默寡言。在街上吃饭，人们一面吃一面议论化肥多少钱一袋，说一开春浇过头遍水就该追肥了；相互打问土豆种多少钱一斤，说眼看着也该刨园子种菜了……听着他心里忽然涌起一阵慌恐：何时点豆，哪里种瓜，这都是占功盘算谋划的事情！多少年来他都是照章行事，心里从没存放过这些。想到这儿，大冬天平白冒出一身虚汗。

一到野草湾金权发现真是今非昔比了。金权许久没赶集，没想到如今的集市这么热闹：满街筒人头攒动，摩肩接踵，尘土飞扬，五花八门的吆喝声此起彼伏，街两厢一个摊位紧挨一个摊位，炸馃子的，烙大饼的，打缸炉烧饼的，卖烤山药的，卖鸡蛋糕、饼干、江米条的，卖饸饹的，卖豆腐的，卖粉条的，卖扒糕的，卖各种布料的，卖成衣的，卖鞋的，卖玩具的，卖板凳、椅子、立柜、方桌的，打铁的，卖各种农具的，卖菜籽的，卖农药的，卖树苗的，耍猴的，变把戏的，看西洋镜的……琳琅满目，五颜六色，直看得他眼花缭乱。许多东西仿佛突然之间冒出来，土地一承包这世间顷刻就繁华热闹开了。挤挤撞撞来到街东口，人流渐渐稀疏，他看到卖山药芽的摊位。一个老头儿、一个中年人、一个年轻人各自守着自己的摊儿，一把把山药芽簇拥成一堆竖立在湿漉漉的包单上。

"多少钱一把儿？"金权立在年轻人的摊儿前。

"三毛。"年轻人一双眼睛正追着一个烫发的姑娘看，随口应道。

金权随着他的目光瞥了一眼，见那姑娘把好好一头头发弄得跟羊羔毛一般，回过头说："不都是两毛五吗？"

小伙子顾不上理他，旁边的中年人笑眯眯接腔说："那是上个集的价儿。"

"才过一集就涨价了？"金权蹲到中年人摊位前，翻看他的山药芽。

金权许久没赶集，没想到如今的集市这么热闹。
——钟声

"地分到个人手里了，家家都想把能栽能种的地方哪怕是边边角角都利用起来。"中年人说，"买主多，要的量大，价儿自然就抬上来。"

金权逐个查看比较三个人的山药芽，看长势，看把儿大小，还价说："两毛五吧？我买几把儿。"

"三毛卖得就剩下我们仁这点儿了，两毛五还能留到现在？"那年轻人回过头来不屑地说。

旁边湿漉漉的空地上果然残留着折断踩烂的山药芽，确实是撤摊儿的模样。但金权还是想再抻抻价，站起身又向街里走去。

"山里家，我劝你还是买吧。"一直没说话的老头在背后叫他说，"今年天旱，栽山药的多。下个集一准儿还得涨价。"

"两毛五我就买。"金权站住脚，回头说。

"嘿嘿，你真还拿去年的皇历过日子呀！"老头冲他摇起头来。

金权扭头走进街里，转来转去在农具摊儿上停住脚，仔细端详那一溜摆开的犁、耧、耙、杈……看式样、看材料、看做工。想起自家还没木杈，明年打麦用得上，就抄起一柄木杈试了试，问过价钱又放下。不远处是卖镰斧镢锨的，地上堆着的一堆钢锨把他吸引过去。以往公社供销社、集市上只有齐头的铁锨，这种尖头钢锨得到县城土产商店才能买得到，是奖励模范社员的奖品，一柄要五块钱呢。金权家不缺这种钢锨，他几乎年年都是模范，要没当选也是占功私下跟他商量，叫他发扬风格让给别人。但他喜欢这种钢锨，看到它心里倏然升起一种说不出的亲切。看够了，就问多少钱一把。听说才四块钱，嘴上说不贵，心里不免感到一点儿失落。转着转着就来到烧饼炉前，一阵焦香引得肚里咕噜咕噜叫唤起来，他才想起还没顾上吃午饭，抬头看看太阳，早已过了中午，街上的人流也显得稀落下来，就急急忙忙奔街东口走去。

一到东街口他顿时傻了眼：山药芽摊空无一人。他匆匆在左近转了一圈，明白显然已是散摊！突然之间耳边响起当当的钟鸣，像是唐僧念动紧箍咒，疼得他抱住头一下蹲在地上……

回到村边天已擦黑。一望见村里的灯火，听见此起彼伏拉风箱做饭的"古达"声，金权不知为什么鼻子一酸流下泪来……到了家，放下扁担他就躺倒在炕上。媳妇刚做熟饭，见他空手回来跟在后面进了屋，问明白情形话就有些发急，一个大男人家也忒没主见！总共不就才差一毛五，下集再跑一趟还不够鞋钱哩！说完就叫他起来吃饭，金权累了不想吃。媳妇说山药不怕晚，下集多贵咱也买！说了就出去张罗两个孩子，他们吃过饭还上夜校呢。金权刚刚五十，平时除了睡觉从没在炕上躺倒过，也没有这么早就休息过。孩子们觉出异常，先是女儿进屋来在炕前站了会儿，又默默走出去；儿子也来炕前立了会儿，什么没说也出去了。屋里黑着灯，窗外街上吃饭的人们一面吃一面聊天。三毛就三毛呗，当时就该买下来，都怪自己没主见，白跑一趟不说，没准儿下集真就涨价呢。金权后悔着，眼泪禁不住涌出来，热乎乎洇湿枕头。唉，当时光顾后悔，把给儿子买烧饼的事也丢到脑后了……思来想去觉得自己如今真是处处事事都显得无能弱智，一事无成！想着、哭着就迷迷糊糊睡着了。

骤然，一阵清亮的钟声将他惊醒，有个声音像占功派活一样说："金权，你去……"他翻身下炕，拿起垫肩和一条绳就往门外走。街上有三两个人闲坐着，见他急匆匆走出来，就问了句："金权，这是干吗去呀？"

"阎王爷修城墙，叫我去抬石头哩。"金权应着，脚步如飞奔村西而去。

几个人刚想笑，猛然觉出不对劲，急忙喊叫他媳妇。媳妇正在刷锅洗碗，攥着炊帚就往村西追去。来到村口，村外黑魆魆的哪里还有人影，她腿一软坐在地上放声大哭起来。

当夜，本家当户五六个小伙子拿着手电筒边喊边找，在村西的沟坎里、水坑边折腾了一夜。第二天一早，占功召集左邻右舍十几个街坊又寻找了一上午，愣是没见到金权一点儿踪迹。金权媳妇坐在炕上，哭肿的双眼宛如鲜桃，嘴里有气无力、反反复复就剩下一句话，都怨我呀，我要不埋怨他就好了！两个请假在家的孩子一边一个紧张地拉着娘的胳膊。虽然金权本家当户的长辈在跟前，但遇到这种大事还是推举占功来主持。占功仿佛回到生产队长的位置上，他说不能再等了，也不能怕败兴，得让村干部去高音喇叭上广播，一是让金权听到广播赶紧回来，二是让人们见到他立马给家里报信儿。大伙儿都说这主意好，占功起身就往大队部走。

爷爷照例坐在门台旁，占功也顾不上打招呼，刚刚走过去，就听爷爷在背后嘶哑尖厉地叫道："功儿，人在野狐泉村南的半坡上呢。"

占功听了浑身打个激灵，往前走了两步折转身返回金权家。他让一个年长者带四个年轻人去野狐泉村南的山坡上再找找。望着人们疑惑的眼神，他什么也不说，只是摆了摆手让他们快去。看着他们离开，他坐下来抽了一袋烟稳住神，这才又往大队部走去。

太阳快偏西时，金权的尸体被抬回来。

发现他的两个年轻人说，他们先是远远望见金权坐在一棵胳膊粗的鬼圪针树下，喊也不答应。连滚带爬跑到跟前，才发现他是吊在那棵鬼圪针树上，屁股下是座无主荒坟。

车　祸

大夫村"村村通"工程要建一座石拱桥。

村委会开会研究时，副主任范双廷首先介绍了提出承包的人的名单。支书王绪辰不动声色地听着，他心里清楚，出面的是这些人，背后却是村委会的这几个伙计。范三山是范双廷的本家兄弟，张爱臣则是村主任吕庚寅的大舅子，其他人拐弯抹角也和几个村干部脱不了干系。

一时间大家都不言语。

半晌，王绪辰叹口气说："乡里乡亲，包给张三李四有意见，包给李四王麻子又骂娘。但这事儿却不允许咱装糊涂、充好人，'村村通'是国家的惠民工程，是给老百姓办好事，得罪人事小，办砸了往大处说对不起党，往小处说对不住群众。大家有什么意见就明说吧。"

王绪辰这么一说更没人表态了。看到这尴尬局面，吕庚寅犹豫着说："要不，咱试试招标……"

"嘁，招标，怎么招标？招标就能保证公平！选举还……"范双廷不客气地打断吕庚寅，又硬生生将后半句话咽回去。

王绪辰知道老范想说什么，却只当没听见。当初换届，老范想当村主任，找他谈过好几次，但他却把年轻的副支书吕庚寅推上来。吕庚寅当过几年兵，三十出头，毕竟毛嫩，啥事都是看他的脸色行事。果然，这会儿吕庚寅瞅瞅他说："还是你说个章程吧。"

王绪辰说："叫我说，这事咱谁也别沾包，干脆就交给王阿坪人干吧！"

他事先谁也没打招呼，大家听了都是一愣，不知他葫芦里卖的什么药。但吕庚寅却率先表态说："行！"会就散了。

王阿坪人擅长碹砌石拱桥，在鲤鱼川遐迩闻名。就如同"龙生龙凤生凤，老鼠儿子会打洞"一般，把这门技术祖辈相传。百余公里长的鲤鱼川，道路和村街上的大型石拱桥多数出自王阿坪人之手。最叫人称道的要数石嘴坡北沟口那座老石桥，是民国年间王阿坪人修建的，公路改道早已闲置在那里。1996年鲤鱼川发生百年不遇的特大洪水，汹涌的洪流裹挟着沙石树木把桥洞堵死，浩荡湍急的洪水漫过桥面，扬起十来米远的水帘，招引得三里五乡的人都跑去观看。洪水过后，人们清除了桥洞的沙石杂物，看见那近百年的古桥却依旧完好无损，对王阿坪人的建桥技术更是慨叹不已。碹石拱桥每个环节都有技术要领，但石拱桥、石拱桥，说到底那桥是拿一块块石头砌起来的，因此每一块石头都是整座桥梁成败的关键。王阿坪村地处太行山深处，祖祖辈辈出石匠，对石头自有他人难以企及的理解和认识。

王阿坪人是把碹桥艺术化了。他们来到工地，有人测量指挥，有人破土挖基，有人则就近选择一块块巨石，依据石路纹理破开，打造成桥梁不同位置需要的石块。那真是要大则大，要小则小，要方是方，要长是长。巨大的石头在他们的钢钎、铁锤下好像变成了豆腐，眼见荒蛮的巨石出落成一块块规则的成品，就让人想到绣花。等桥建成，石料不多不少几乎总是正好，那手段是巧妇裁衣，精确到不肯浪费一丁点儿材料和气力。并且每道工序都衔接得丝丝入扣、流畅自然。山里人建房买不起砖，都是建石屋，大门口砌成拱形，有关系的人家那拱圈肯定要请王阿坪人来砌，一来坚固，二来美观——石料齐整，色泽一致。正月里人们走亲戚，一看某家的新门楼就说，这是王阿坪的手艺！站在那里观望欣赏着，心里充满赞叹和羡慕。

王绪辰姑姑家是王阿坪的，就把建桥工程包给了表哥邱兰明。让王阿坪人建桥谁也说不出什么话来，表兄弟之间有什么不好商量呢？邱兰明到大夫村察看了桥址、计算过工程量，就把合同签了。

回到村里，邱兰明找了六个人，说定三天后开赴工地。

傍晚，邱兰明去井上挑水，在街里碰到本家兄弟邱月晨开着三轮车从地里种麦回来，走到近前就把车停下，递上根烟说，正想晚上去找他，问问大夫村建桥能不能让他也参与？邱兰明一愣，心说这消息传得可真快。他们虽是本家，日常走动得并不亲近。邱兰明家是破落地主，过去在村里大气不敢出。邱月晨弟兄五个，他爹是复员军人、生产队长，岳父在公社供销社当主任，当年自行车、缝纫机再紧缺，他家也买得到。一家人在村里没人敢惹，自然不会把邱兰明放在眼里。但生产队解体时，他们兄弟已先后分家另过，日子反倒不如别人。大夫村的工程不算大，多一个人就多一份开支，所以邱兰明把人手打得很紧。但愣过之后他的眼睛立马又亮起来，说："人手是够了，不过既然你张开嘴了我还能说什么！这样吧，你开上三轮，每天捎带脚接送大家。"

看到邱月晨的三轮，邱兰明才意识到自己忽略了交通工具。大夫村距王阿坪说远不远，说近不近——刚刚不到十公里，秋后的日子一天短似一天，没有交通工具来回往返会耽误时间。

邱月晨没接话，每天一百元的工价大家都一样，自己却要搭上车和油钱，这……

一看邱月晨的表情，邱兰明就猜到他在想什么，说："也不白用你的车，结算时每天每人给你出两块钱的油钱。"

"行。"邱月晨绷着的脸上绽出笑容，事情就这么定了。

鲤鱼川川外是华北平原，西部深山区与山西昔阳接壤。山高地寒，春夏两季比川外来得晚，秋冬却总要早上半个月。眼见着远远近近的树木由绿转黄变红，色彩斑斓的落叶随着犀利的秋风飘落满世界。邱兰明一行早出晚归，一个半月过去工程已接近尾声，再有几天就可以撤"牛儿"了。

碹石拱桥打好桥基后要在地面上依据桥梁弧度搭建木架，行话称"搭牛儿"，而后在"牛儿"上铺设石料，待拱桥砌成再将木架撤除，这叫"撤牛儿"。石拱桥坚固与否很大程度上取决于铺砌石料——桥拱上的一块块石料必须像牙齿一样紧紧挤住。石料块块吃力，整个拱桥浑然一体，不再依托木"牛儿"支撑，所以"牛儿"撤起来很容易。若是铺砌的石料没咬紧，依然凭借着"牛儿"的支托，不禁撤"牛儿"困难，更表明桥拱质量存在隐患。"牛儿"撤不下来，在建桥者是丢手艺的事，但这种事绝不会出在王阿坪人手里。

眼见钱就到手，心里自然轻松高兴起来。这天回家路上大家不

下了眼前的斜坡离村就剩三里路。
这时，邱月晨突然失声尖叫起来！——车祸

停说笑，邱兰明说幸好老天作美，要是遇上一场大雪，工程拖期不
说，咱可就遭大罪了！一高兴有人就讲起笑话来，高志林说秦岭他
同学马三刚，在外打工回来住了几天，过了一段时间他媳妇尿不出
尿来了，开始瞒着人，后来实在憋不住，到县医院一检查才知道是
得了性病。侯喜功说，胡家寨他姨弟去大同打工，老板不发工钱，
还扣着不让人走，连手机都给没收，几个人夜里偷偷翻墙跑回来，
把铺盖也扔了。

　　不知不觉夜幕四合，下了眼前的斜坡离村就剩三里路，这时，

驾驶三轮的邱月晨突然失声尖叫起来："哎呀！哎呀……"三轮车冲着公路下面的河滩就直蹿出去。邱兰明年轻时喜欢打篮球，动作敏捷，见事不好一翻身从车帮跌到公路上，等他爬起身，三轮车已经翻到一丈多深的公路下面。他脑袋"嗡"一响，连滚带爬奔到公路边，就见三轮仰翻在河滩里，一车人横七竖八躺在鹅卵石上。"娘啊！"他像老娘们儿一样哀叫着，一瘸一拐顺着旁边一条坡道跑向河滩。

邱月晨坐起来，一股热乎乎的黏液糊住他左眼；邱兰明把每个人都叫了一遍，高志林答应着想拉住邱兰明立起来，右腿钻心一疼又跌坐在地上；侯喜林没答应，软软地躺在那里，邱兰明忙乱中摸到不知谁工具兜掉出来的手电筒，打开一照，侯喜林哪儿都没伤，只是裤裆尿湿了一片，他就"哇"地哭起来。

这场车祸造成一死两伤：侯喜林死了，高志林小腿、延小书胳膊骨折。遇到这种事只能自认倒霉，邱兰明另外找人去大夫村撒"牛儿"、拉石运土将桥面垫平，结束了工程。

那天，王绪辰在家里弄了几个菜给表哥压惊。哥俩喝着酒，王绪辰沉吟半天说："哥，这事……我觉得怕没那么简单。钱，你先放在我这儿吧。你造个单子，连你在内都按工价由我们村委会支付。剩下的等事情平息了我再给你。"

兄弟俩商定，为预防事态扩大，轻伤多付三百元，重伤多付五百元，侯喜林另付两千元。邱月晨的油钱是事先讲好的，自然从各自工钱里扣除，车毁了另外再给他三百元，就说是邱兰明从大夫村给大家争取的医药费和补偿。

安葬了侯喜林，高志林、延小书也先后出院，邱兰明以为这事就算了结了。没承想，半个月后的一天晚上，喜林媳妇和高志林、延小书一个拄拐、一个挎着胳膊找到他家。

邱兰明以为他们是冲自己来的，耷拉着脸坐在那里不言声。

延小书开门见山地说："兰明，有活儿你能想到我们，我们领情。出了事，还给付了一些医药费，我们也感激。但这次的事出在月晨身上，他不能脱了干系。喜林没了，留下孤儿寡母怎么过？'伤筋动骨一百天'，我和志林别说今后落不落残疾，三四个月怕是大小活儿都做不成，所以月晨该给我们个补偿。"

邱兰明这才明白他们冲的是邱月晨！

高志林说："我们和月晨往日无仇，近日无冤。如果是白坐人家的车，出了这种事无话可说，可咱坐车是付了钱的，所以他有责任。"

邱兰明扫了他们一眼，知道这三家商量好了，问道："你们想……"

延小书和高志林对望一眼，说："我们想让你先找月晨谈谈，这事我们也打听过了，从法律上说咱不是昧着良心冤枉他。"

"你们想要多少？"邱兰明问。

"我和志林要一万。"延小书说，"喜林家的，你自己说吧。"

喜林媳妇淌着泪道："在村里……喜林好歹算个文化人，两个孩子也爱念书。我就是想供孩子们把书念完……"

喜林当过民办教师，平时爱看闲书，每年春节左邻右舍的春联都是他写。两个孩子大的在省城读技校，老二才上高中，正是用钱的时候。

邱兰明说："你说个数吧！"

"四十万。"

邱兰明心里"扑通"一跳，不认识似的望着她……

"别的村也是这个数。"看到邱兰明吃惊的目光，喜林媳妇又补充一句。

"这个数"显然她调查过，"这个数"使她自然而然想到喜林，眼泪像断线的珠子一样又从脸上无声地淌落。邱兰明突然发现她的头发花白了很多，心里一酸，犹犹豫豫地说："谈是可以谈，不过月晨的家境咱都清楚，不知……"

"成不成你先去说说吧，实在不行我们就通过法律解决。"延小书说，"乡里乡亲，不到万不得已谁也不愿意撕破脸。"

邱兰明找邱月晨谈过后，邱月晨立马就跑到县城去打听，回来又让邱兰明翻来覆去地从中说和。最后，高志林和延小书把赔偿费降到八千，喜林媳妇落到三十五万再不松口。她说："要是喜林还在我能张这口吗，他一条命就值这点钱吗？要没这俩孩子，就是改嫁我也不会要这钱！"邱兰明顿时哑口无言。

俩月过去，邱月晨没拿出钱来，三个人真就将他告上法庭。

这种事村里没有先例，说东说西的都有。有人说，这娘们真敢张口啊！有人说，钱再多也抵不了人家丈夫在！自家的日子自己过，总不能为了情面自己遭难。有人又说，月晨也不是故意的，况且他也带了伤，你家的人没了，难道也不让对方过日子了？近些年村里年轻人外出打工的多起来，人们在街里讲述着外面的故事，议论着法律的无情与公正。许多人暗暗在心里自问，要是自己摊上这种事该怎么办呢？

邱月晨家仨孩子，都是女孩，老三才上小学，媳妇身体瘦弱，日子全仗月晨一个人抓挠，过得自然紧巴。冷不丁要拿出这些钱，别说拿不出，就是东拼西凑拿出来，今后的日子怎么过？他仿佛一下老了十几岁，那张脸变得像颗苦瓜。

抱着最后一线希望，邱月晨找到老支书三太，托他老人家去给说和。乡里谁家遇到尴尬、为难的事情都是请德高望重的老者给调解，一来人家经多见广，能说到理上；二来也有他的面子在。十余年前村里在南山砍窑木，八斤蹲下一块石头把文山砸死了，三太出面说和，才赔偿了七千元。但这回三家人都没给他面子：

"三爷，谁家都得过日子啊。你说是不是？"

"三爷，谁愿意摊上这种事呢？你看看，俺家日子难道比他好？"

"三爷，在他是作难，在俺是塌了天啊！"

三太迈着老腿转了一圈，回来对邱月晨只剩下一声慨叹："唉，人老了，不中用了！"

邱月晨被法庭拘留，法官到村里来调解过两次，言下之意只要被告出钱，原告撤诉，他们就放人，否则只能判刑。月晨媳妇只是一味哭泣："这叫俺娘们往后可怎么过啊！怎么过啊……"不知是说拿了钱以后的日子没法过，还是月晨判刑后没法过。

茶余饭后有人说月晨算不清账，舍命不舍钱！有人说那三家与其把人送进监狱，还不如少要点钱，乡里乡亲还落个人情合算。

但月晨家最终没出钱，那三家铁了心不妥协。邱月晨被判了四年徒刑。

"唉……这世道！"三太在街里对着一帮老人摇头感叹。

太阳从东山升起，又在西山落下。日子快得让人无可奈何。

清明节到了，邱兰明上坟烧纸路过喜林的坟墓，不由自主停下脚，愣了一会儿去坟前给他烧了几张纸钱。烧完站起身，发现坟堆上已钻出针似的草芽，远处几株杏树却是花满枝头。

匠　人

1

　　手艺人通常都是聪明刚愎的家伙，甚至让人看上去有点二儿。他们凭借着独有的技艺，或游走在城乡间，或厮守一爿小店，年复一年打发着自足自满的光阴。日常里只有人们上门求他，不见他去求人，久而久之就养成自我、刚愎的习性。

　　很长一个时期，这些五行八作的家伙们——木匠啦、油匠啦、铁匠啦、石匠啦、钉鞋匠啦、小炉匠啦、劁猪匠啦、杀猪匠啦……就像传奇人物，以其独特的习气、做派、口音、穿戴或技艺常常活灵活现地出现在人们茶余饭后的闲聊中。自从合作化后，民间的手艺人就开始逐渐消失——社会改变了生活方式——人们刚刚还津津有味地谈论着哪个木匠的手艺或哪个劁猪匠出丑的事，一回头却发现那个行当已被光阴抹去。

　　那个磨剪子抢菜刀的呢，那个钉鞋匠呢……起先有人还提一句，到后来就没人再去顾及他们的下落。日子像流淌的河水，不住劲儿地往前奔腾。太阳还是那个太阳，日子却已不再是那个日子。

现在，小城唯一正大光明的手艺人叫田桂生，是个瘸子。他是随着父亲从广西回来的，长着张白净方正的脸盘，站直了也有一米七五，十分注重穿戴打扮，三十挂零还没成家。田桂生不无炫耀地对人们说，他心目中的爱人是他小姨！他小姨那可是电影明星，在《五朵金花》中担任过角色。他这么说是向人们表白，自己没成家并不是因为残疾，而是瞧不上那些凡俗女子。但这话却令小城人听了目瞪口呆：一个人怎么可能去爱自己亲姨呢？！就觉得田桂生不仅身体，连脑子都是残疾的。父亲是南下干部，回来属落叶寻根，田桂生却因为小儿麻痹瘸着腿找不到正式工作，就临街开起个修理半导体收音机和钟表的店铺。

小城的热闹都在这条中心大街上，街两侧堂堂正正地坐落着食品公司门市部、百货公司门市部、药材公司门市部、土产公司门市部、五金公司门市部、新华书店、邮政局、电影队、理发馆、缝纫社、浴池……虽然平常冷清，集日却黑压压挤满人，万头攒动，人声鼎沸，尘土飞扬——叫卖的、讨价还价的，相识的高声打着招呼，眼尖的看见亲戚扯着嗓子喊叫"大姨""二姑"，突然有人就争吵或厮打起来，人流便如江河般一阵汹涌。

田桂生的店铺是在他家公产房临街的墙上掏个窗户、开了扇门，窗扇玻璃上用红漆写着：修理收音机、钟表。门是单扇门，平时总插着。窗户下方设置成推拉扇，他把一张黄漆小桌摆在窗前当作工作台，从一尺见方的推拉扇口接活儿、收费和人交谈。人们把坏了的半导体收音机、马蹄表送去修理，却没人问田桂生这技术是跟谁学的，好像瘸着腿、操着异乡口音他天生就该会这门技术；也没人因为单干、私营来找他麻烦——小城人对田桂生表现出少有的大度和宽容：残疾人也得有碗饭吃啊！但夹在那些宽敞空旷的国营门市中间，他那狭窄局促的门脸仿佛自惭形秽，总是透着种名不正言不顺的猥琐。只是田桂生傲气，价格从来说一不二。在这个山区县城他并没有多少活儿做，总有大把大把的空闲时间。他不像那些国营商店的营业员，闲下来就站到街边去看热闹或去和人们聊天，而是在台灯下读《战争与和平》《基督山伯爵》《哥达纲领批判》……读累了，他就站在刚能扭转屁股的屋地上，用带广西味的普通话、拿捏着不同人物的腔调，大声背诵电影台词：

"毛主席语录：我们是要和平的，但是美帝国主义一天不放弃它那种蛮横无理的要求和扩大侵略的阴谋，中国人民的决心就是只有同朝鲜人民一起，一直战斗下去。这不是因为我们好战，我们愿意立即停战，剩下的问题等将来去解决，但美帝国主义不愿意这样做，那么好吧，就打下去，美帝国主义愿意打多少年，我们也准备跟它打多少年，一直打到美帝国主义愿意罢手的时候为止，一直打到中朝人民完全胜利的时候为止。"

人们知道，这是《打击侵略者》的开场白。

"空气在颤抖，仿佛天空在燃烧。"

"是啊，暴风雨来了。"

这是《瓦尔特保卫萨拉热窝》中的接头暗号。

"您瞧，弗拉基米尔·伊里奇，有这么个问题。"

"什么？"

"叫我怎么说呢？"

"是谁被捕了？"

"对，就是这个问题。"

"啊，是谁呢？"

"弗拉基米尔·伊里奇，被捕的是瓦塔谢夫教授。他是个好人哪！"

"什么叫好人？他的政治立场怎么样？"

"他过去掩护过我们。"

"也许他是仁慈的。过去掩护我们，但是现在掩护我们的敌人。"

"他是个纯粹的科学家。"

"不、不，好朋友，这样的人是没有的。"

"弗拉基米尔·伊里奇，我不是个滥好人，我不轻易相信别人。可是我现在情愿为瓦塔谢夫教授担保！"

……

他一会儿高尔基，一会儿列宁，不歇气地背诵。

有人并不修理什么，突然到窗前隔着玻璃往屋里瞅瞅，就是想知道他又在读什么书；有时，孩子们成群结伙悄悄立在窗外，满脸敬畏地听他背诵电影台词。小城没几个人能和他说到一块儿，于是田桂生拄着双拐上街的时候，苍白的脸上总是透着冷傲。后来，他又开始跟着收音机自学许国璋《英语》，早晨人们路过他的店铺，总能听到他大声背诵单词或是朗诵课文。

他说，他的目标是阅读经典原著。

周向文那台"春雷牌"半导体收音机出了毛病，吃过晚饭就骑上摩托车给田桂生送来。平时，周向文习惯一边干活一边听刘兰芳播讲《杨家将》，听单田芳播讲《隋唐演义》，收音机一坏心里感到说不出的寂寞。刚好雨过天晴，天气凉爽，晚霞把西天烧得通红。小城没人不知道田桂生，但周向文并没和他搭过话。把摩托在店前停好，周向文正要敲窗，就听里面一个低沉的声音突然问道：

"是谁在二堂喧哗？"

周向文不是爱开玩笑的人，但伏天里难得的清爽让他童心大发，就脱口接道："启禀中堂，是标下在二堂等候召见。"

"嗯。为何不在二堂等候？"屋内又问。

"适才听中堂召唤，标下前来回话。"

这是电影《甲午风云》中李鸿章和邓世昌的对话。

周向文刚说完，就见窗扇猛然拉开，探出特写般一张苍白的脸，眼镜后面的目光闪烁着惊异和激动。紧接着，那扇永远关闭的单扇门打开，田桂生站在门口恭敬地打着手势对他说："请进，请进来吧！"

就这样他俩成了朋友。

2

上级号召鼓励人们经商办企业。

报纸、电视今天说这儿出了个"万元户"，明天又说那儿出了个企业家，一时间仿佛"放卫星"，社会上厂长、经理满天飞。手艺人更像是雨后路边的"狗尿苔"，突然从地下冒出一堆来，生活里又响起南腔北调的吆喝，大街两厢开出许多门脸商铺，集市上摆满五花八门的摊位。

周向文的手艺是缠电机。

虽说在工商局、税务局办理了正式执照，但周向文自认为他干的那摊距离"企业"还差得远哩，顶多算个作坊。工商局执意在营业执照上将他那摊儿命名为"电机修理厂"，不过是为夸大和统计政绩拿来充数。以致到年终，县委书记乔江山在优秀乡镇企业家表彰大会上颁奖时，主持人念了好几遍这个厂名周向文才反应过来是叫自己去上台领奖。

他的"厂址"在小城南门，是租来的一幢独门独户的院落。

媳妇金玉在县剧团工作，儿子正上初中，金玉外出演出的话姥姥就来给他父子俩做饭。周向文在院子南墙根用角铁、石棉瓦搭起个工棚，工矿企业和各村的动力设备电动机、潜水泵烧坏了，就给他送上门。他将坏的拆下，根据型号用漆包线再缠一个新的重新装上，烤过漆，那个动力设备就复活了，又回到自己工作岗位上。忙完一天，周向文傍晚时分喜欢骑着摩托车到城里兜风，路过杜家熏肉铺，兴之所至偶尔会买块猪头肉，回家自斟自饮喝点小酒。自打结识田桂生，大多数时间他就等着田桂生来下象棋。

这时，田桂生已经开始修理电视机。

小城人看见他俩凑到一起，都说："这俩活宝倒是一对儿。"

其实，他俩站在一起无论如何都显得不伦不类。田桂生整天西装革履，偏分头儿使过发蜡，梳理得一丝不乱。他是小城第一个穿西装的人，即使时兴中山服、解放装那会儿，也是专门跑到省城买衣服。他嫌小城人的穿戴落伍土气。而周向文永远是那身洗得发白的劳动布工作服，还难免蹭上些漆、沾上一片机油。但周向文干活儿永远戴手套，这一点让田桂生极为赞赏：觉得这是技术人员应有的范儿。他们下棋不是下棋，更像是个说话的由头。田桂生读过的世界名著，周向文在高中后期都读过；田桂生读过的马列著作和毛选，当初为和对立派辩论周向文也都悉心研读过，这就让两个人有了共同语言。他们谈论曹雪芹、托尔斯泰、高尔基、雨果、巴尔扎克，也谈冉阿让、安娜、宋江、王熙凤……但真正使他们密不可分的则是背诵《毛主席语录》和《毛泽东选集》。

上高中时，周向文最好的功课是数理化，如若高考没有取消，他怕早已考进哪所理工科院校。"文革"使他补上了文史哲的不足，只是等他体会到其中奥妙，已经没有考试的机会了。

周向文家的院里有棵大榆树，不冷不热的春秋季节他俩就在树下的水泥桌上下棋。头上有鸟叫蝉鸣，旁边工棚里是拆开的或没拆开和已经修理好的电机；夏天旁边会摆个电风扇，除了吹凉儿还驱赶蚊虫。冬季，他们就挪到屋里的餐桌上。餐桌是周向文自己打的一张白茬桌，没油漆，卯榫严丝合缝，桌面平滑如镜。乍看到这张餐桌，田桂生盯着桌面愣了半晌。他不明白周向文采用什么工具把活儿做到这种工艺水平，觉得就是小城公认的好木匠老焦也达不到这个水准。老焦是大名鼎鼎的县机械厂模具车间主任，业余常为县里这局长那主任家做家具——打新时兴的大立柜、一头沉或两头沉的写字台。油匠们说，油漆老焦打的家具就像行走在冰面上——是说老焦刨出的桌面、柜面平滑。田桂生对技术活儿天生痴迷，终于忍不住问起周向文。周向文淡然一笑说，前年冬天老焦在隔壁给城关公社书记打家具，那天下雪他去和老焦聊了会儿天。周向文就说到这儿。田桂生知道老焦做活儿从不让人观看，怕偷了手艺，大约知道周向文是缠电机的，所以才放松警惕。田桂生问，关键在哪里？周向文说，无他，只是细刨刨刀在刨床露出的短，别人推一次，他推五次六次，如此而已。田桂生想了想便释然地笑了，看周向文的目光变得怪怪的，充满钦佩和赞赏。

两人一面说话一面就摆上棋，或许这时候他们已开始各怀"鬼胎"。坐下走了几步棋，一个就问道："《毛主席语录》第73页都是哪几条呢？"

另一个想了想刚要回答，忽然问："你说的是哪个版本？"

这一个惊讶道："咦，不一样吗？"

另一个一本正经说："大开本和小开本字号不同，页码也不同。"

他们一个说普通话，一个说本地话，倒像是两个和尚在打禅语。

少顷，一个又说："记忆力明显减退了，《矛盾论》背到第四节就磕磕绊绊的。"

一个说："哦，好像是这样……"

遂将整整一节从头背到尾。又走了几步棋，他说："《新民主主义论》原来能从头背到尾，现在就能背到第六章了。"

另一个轻咳一声，将七章徐徐背来。背完，谦虚地说："不知记得准不准？"

一个说："最后一句'碰破头皮的'好像没有'皮'吧？"

另一个闭上眼睛在脑子里翻书，印证过了赧然一笑说："还是你记忆力好。"

这样的背诵好似万花筒，被他俩不断翻出新花样。

这个说喜欢《中国人民解放军宣言》，那个张口就背；那个说《别了，司徒雷登》写得真好，这个立马就背出来。

这个问："毛主席论妇女的语录你能记住几条？"

那个一边想一边说："我记得有……"

听完，这个说："你不说，后面两条我都想不起来了。"

那个问："论教育体制的有几条呢？"

这个说："我试试，说不全你补充。"

然后一二三四……一条接一条背来。

那个用赏识的目光看着对方说："我能记得的也就是这些。"

"文革"期间很多行业辑印了与本行业相关的专题语录，比如《毛主席、马恩列斯论党的建设》《毛主席论教育》《毛主席论工作方法》《毛主席论小资产阶级》等等，其中有些还是从内部讲话上摘编的。他们的兴奋点多是那些没有公开发表过的语录。比如："外行领导内行，是一般规律，差不多可以说，只有外行才能领导内行。去年右派提出了这个问题，闹得天翻地覆，说外行不能领导内行。"领袖的话令他们摸不着头脑，两个人你看我我看你，交流着复杂的眼神。有的则让他们兴奋不已，比如："省、市、县三级，第一书记要管教育，不要每天都管，上半年管几天，下半年管几天，一年管七八天。不管教育的现象是不能允许的。" 这话让他们觉得不只高高在上，而且有些孩子气，禁不住哈哈大笑起来。

田桂生乘兴又背起广西一个女学毛著积极分子的发言材料：《用毛泽东思想指导杀猪》。

有时喝了酒，带点酒意却没醉，脑子显得格外灵光。若周向文媳妇金玉没有演出任务、恰好在家的话，田桂生就拉她当裁判，将一部合订本毛选硬塞到她手里，他俩你一篇我一篇地轮番背诵：《质问国民党》《敦促杜聿明等投降书》《在中国共产党七届中央委员会第二次全体会议上的报告》《论人民民主专政》……毕竟带了酒，声音比平时高好多倍，这一个背着，另一个却失去平时的斯文，听到错处就打断对方，高喊错了错了！这个不信，同时去金玉手里抢书查对。金玉被两个呆子逗得突然大笑起来，手里的书掉到地上，那两人低头去捡，头砰地撞在一起。金玉笑得搂着肚子、跺着脚，两眼都流出泪来。

两个手艺人沉湎在这个游戏里，彼此考验着、欣赏着、快

匠人

田桂生高。举起手说，历史，这就是历史！

乐着。

　　他们一致认为毛泽东思想的精髓是"老三篇"。老人家是要清除儒家统治中国数千年的封建思想，培育一种纯粹、高尚、有道德、脱离低级趣味，全心全意为人民服务的新人类。

　　看到农村喜气洋洋的分田到户，他们就谈起当年热火朝天的入社。同样的热情和积极，这其中有没有对错是非？

此一时彼一时也！田桂生高高举起右手食指说，历史，这就是历史！

周向文望着高处田桂生那根细长的手指，对"历史"的理解是：当年入社有入社的背景，如今分田有分田的道理。

周向文能享受这份快乐，自然源于他缠电机的可观收入。如果不是金玉下岗，他也许至今仍沉浸在那种无忧无虑的日子里。

县剧团突然解散了。

金玉原本不是坐科出身，在剧团一直扮演配角，不上戏的时候也卖票。他们团演出的是一种叫"丝弦"的地方戏，面对电视机逐渐普及和娱乐形式的多元化，那个古老剧种经历了短暂几年古典剧目的火爆，像是回光返照，突然就枯萎了。过去追着他们看戏的戏迷，如同喜新厌旧的男人，一有新欢就毫不犹豫地离开他们。

对于金玉的下岗周向文不以为意。他说，每月挣那三十多块还不如在家给我和孩子做饭呢。

让我们等待分流呢。金玉却不甘心。

剧团归文教局管，宣布解散时林局长说，县委县政府对下岗职工十分关心，首先鼓励大家——特别是年轻同志自谋职业；再就是耐心等待在本系统分流。说完草草瞟了大家一眼，钻进那辆伏尔加轿车就扬长而去。

金玉在家除了做饭就是收拾家务，四十来岁的人那点活自然不在话下，只是一个爱说爱笑的人变得沉默寡言。周向文和金玉在初中就谈上恋爱。金玉爱好文艺，初中毕业那年全县教育系统会演，她被县剧团看上招了去；周向文高中毕业赶上取消高考，回到村里就成为地地道道的农民，记工员、会计、电工、拖拉机手他都干过。后来，电影队把一台淘汰下来的发电机送给剧团。以往剧团下乡演出都是点汽灯，这回总算有了机器。团领导看着那台半死不活的发电机对金玉说，你不是说你家向文手巧吗？让他来试试，收拾好了就录用，收拾不好就当什么都没说。周向文捣鼓了三天，那台发电机就能发电了。

在剧团，周向文除了发电还拉过幕、管过灯光、打过字幕、画过布景。本来就是聪明人，什么活儿他看看就摸着门道，一干就上路。但他脾气不好，用小城话说有点"二百五"。高中毕业那年县城两派武斗，听说"红总"把自己所属的"联总"赶出县城，他提着粪叉骑上自行车去县城转了一圈，扬言"看谁敢动老子一指头"。"红总"有他的同学，赶紧给人们传话：谁都别理他，这是个二百五，不要命！周向文与人相处对事不对人，在村里和队长、支书吵过，到剧团又和领导同事吵。但他唯独不和金玉吵。

看到金玉失落的样子，他说我给你找个"工作"吧。金玉说干什么？他说做电褥子。跑到省城买来所需的各种材料，教给金玉如何做。金玉做了四天，第五天拿到集上去出摊，结果被一抢而空。算下账来竟比自己一个月工资挣得还多，金玉笑了。

过转年春风一刮，院里的榆树枝就被沉甸甸的榆钱压弯了。

一天，金玉卖完货经过马六的烤山药摊。马六递给她一块烤红薯说："知道吗？林红去县幼儿园上班，晓敏到电影院卖票去了。"

金玉本来都把"分流"的事忘了，听了马六的话不禁一怔。

"到底有没有人不一样。"马六原来在剧团演丑角，长得本来就黑，现在更像是打非洲来的国际友人，愈发显得两眼黑白分明。马六酸溜溜说，"你不知道吧，人家林红的姐夫是副县长，晓敏的哥哥是电力局局长。"

金玉私下把全团的人排过队，觉得分流到别处不敢说，要在教育系统安排，安排一个人也应该是自己，好歹自己是正儿八经的初中毕业生！下岗前文教局让他们填过表，特意让填上"学历"和"毕业学校"。她知道林红和晓敏都是小学毕业。

第二天吃过早饭，金玉没和周向文打招呼，推上自行车就出了门，直到中午才回来。回来她没去做饭，一言不发坐在院里的软凳上。周向文这才注意到媳妇一脸恼怒。迎着丈夫问询的目光，金玉说："我去找林局长了。"

周向文停下手里的活儿，疑惑地瞅着媳妇。

金玉说："林红和晓敏都分流了，一个安排在幼儿园当老师，一个去电影院卖票。"

周向文笑了，问她："那地方，你去？"

金玉顿了下，说："不是去不去的事。马六说安排林红是因为她姐夫是副县长，晓敏是她哥哥当着电力局局长。我问林局长，为什么安排她俩？林局长说总得有个先后。我说先后也得有个理由吧？林局长说她俩年轻。我说不是鼓励年轻人自谋职业吗？林局长说局里觉得她俩适合那个岗位。我说不是她俩适合，是她俩有后台吧？林局长一听就恼了，说你找得到后台我也安排你！"

周向文默默地听着金玉讲述。

"我气愤地说那我告你们去！"金玉说，"林局长说你告吧，我的后台是乔江山！"

金玉讲完，周向文脸色阴沉得快落下雨来。他把手套往工作台上一扔，说道："乔江山……乔江山也未必是铁打的！"

3

周向文看电视喜欢看故事片，从来不看本县新闻。现在他开始关注本县新闻，还每天跑到邮政局买一份省报。

有电视机的人家在小城还是少数。电视机是紧俏物资，一律凭票购买，能弄到票儿的自然净是县里的头面人物，大多数人都是到附近的单位看。周向文家能买得起电视机当然是生意上挣了钱，能买得到则得益于田桂生。县百货公司进的电视机并不是个个完好无损，遇到个别有毛病就得请田桂生来先维修好。于是，田桂生就有了近水楼台先得月的便利。

周向文将金玉的事告诉田桂生。田桂生瞅了瞅周向文很久没说话。

周向文冷冷说道："狗日哩，走'后门'还理直气壮！"

这时田桂生才说话。但他说的不是自己的话，而是毛主席的话："群众是从实践中来选择他们的领导工具、他们的领导者。被选的人，如果自以为了不得，不是自觉地做工具，而以为'我是何等人物'！那就错了。我们党要使人民胜利，就要当工具，自觉地当工具。"

他意味深长地瞅了周向文一眼，似乎意犹未尽，又徐徐背道："我们一定要警惕，不要滋长官僚主义作风，不要形成一个脱离人民的贵族阶层，谁犯了官僚主义，不去解决群众问题，骂群众，压群众，总是不改，群众就有理由把他革掉。"

最后一句他的声调明显提高。

他们坐在榆树下的水泥桌旁，两个人都没想起开灯。薄薄的暮色落下来，周向文像尊半身的雕像，他冷静坚毅地说："'没有调查就没有发言权。'"

小城再没有比他们更熟悉彼此的人，几句对话就明白了对方心意。两个人都经历过"文革"，不仅熟知人性善恶的底线，而且谙熟斗争艺术。

接下来，周向文一边干活，一边默默找出自己当年用过的墨镜、雨衣、雨靴、水壶、串联时背的军挎包，去街上买来丈量土地的卷尺、一顶崭新的草帽和一双回力牌球鞋。终于在一个清晨，他背上自己的行囊、骑着摩托车出发了——省报、电视台报道的本县政绩工程成为他调查的目标。有时，他独自出去一整天，有时他驮上田桂生——田桂生有架海鸥牌照相机，还会冲洗照片。

这个夏天，周向文变得又黑又瘦，两眼却愈发炯炯有神。田桂生仍旧天天去周向文家，但他们不再背诵毛选，而是一起分析形势、研究材料，讨论提纲。

一封从市里转来的实名举报信摆在乔江山面前：举报他在小流域荒山治理项目和"红旗渠"修复工程中弄虚作假、谎报政绩。附在信中的照片正是"红旗渠"的断流处。

乔江山顿时觉得头大了！

如果说荒山治理只是个面积统计问题，"红旗渠"修复工程却非同小可，那是托关系专门请省长来剪的彩！

"红旗渠"是黄家庄水库当年的配套工程，因为多年干旱，水库蓄水不足，早已形同虚设。近两年，沿渠的村庄陆续在承包的坡岗地栽种上果树，乔江山发现后思路顿开——用这条水渠把果园串联起来——就像一个有计划有规模的开发项目了。他到省水利局跑来一笔钱，去年冬天对水渠进行了修复。毕竟钱少工程大，只能先修复一段。但电视、报纸对外报道却说已全部修通，水渠带动了果园开发，还播出了省长剪彩放水的新闻、刊登了照片。

乔江山是从市委副秘书长位置上下来的，先任县长再接书记，在这个贫困县已干了整整八个年头。

"下来"自然是为了"上去"。而"上去"需要上面有人"拉"，或者干出响当当的政绩。乔江山上面没有铁关系，只能靠政绩来说话。然而这个资源贫乏的山区县，即使七仙女下凡也织不出花来！眼看同一拨下来的一个个提了副厅先后调回市里、省里，乔江山内心的危机感与日俱增，焦虑得都要疯了。

他需要政绩，而且是像模像样的政绩。然而，周向文这只冷不丁跑出来的刺猬，却要把他苦心吹起来的"气球"戳破。

查！他把工商局局长、税务局局长叫到办公室，咆哮着命令他们。给我查他！

第二天，工商局局长就来向他汇报，周向文依法登记，照章年检，没有发现不法违规行为。

第三天税务局局长给他汇报说，周向文依法纳税，没有偷税漏税现象。

真没有？乔江山两眼瞪着税务局局长，目光就像两柄寒光闪烁的利剑。

他执行的是定额税。税务局局长头上冒出细密的汗珠，喃喃地说是我亲自下去查的，整个城关所数他缴纳及时。

打发走税务局局长，乔江山打电话又把公安局局长叫来，让他去摸清周向文告状的原因。公安局局长是周向文的邻村老乡，虽然平时没什么交往，但他还是提着两瓶酒去了周向文家。周向文在酒桌上竹筒倒豆子——开诚布公将告状原因告诉他。公安局局长像叨到猎物的狗，第二天一早颠颠跑去给书记做了汇报。

乔江山把林局长臭骂了一顿，让他立即安排金玉上班。

林局长原来在公社当书记，两年前被调回县直出任文教局局长，从逻辑上看他和乔江山确实存在某种关系。事实上，林局长是县长提出的人选。县长说年龄不小了，让他回来吧。乔江山看着县长笑了笑问，行吗？县长说，行。乔江山想了想说那就他吧，你和组织部那边通通气。他知道他俩是同学。当领导是门艺术，其中一点就是会妥协。县里大事由他拍板，却也不能事事一言堂，搭伙计得给对方留余地，当然这"余地"是有分寸的。县长是当地人，他要"上去"有些地方得靠县长拥抬。

周向文并不知道这些。

乔江山觉得这件事到这儿就结束了，不料没过一周，省委又转来一封举报信，举报人仍然是周向文。这次是揭发县里的养牛场弄虚作假：养牛场名为县办，由畜牧局主管，实则是全县各村、各乡、各局、各企业、各车间摊派出资买的牛，随信还附有不同部门交牛的"收条"照片。

养牛场建成三年了，县里每年在养牛场前面的柳树林搞一次"赛牛大会"，评选"牛王"。届时，全县各村都赶着"选手"前来参赛，路程远的头天夜里就上路了，整个河滩"人山牛海"，犹如庙会。

养牛场牛舍和饲料库加起来共有一百多间，这么大的规模别说畜牧局，就是县财政一下也拿不出这笔买牛钱来。无奈，只能摊派。论证养牛场场址时，畜牧局局长提醒说，建在干河滩这么多牛饮水就是个问题。就为这句话他把畜牧局局长撤了。除了河滩，去哪儿再寻找合适的地皮呢？

乔江山已经听到私下流传"劳民伤财"的闲话了。

他再次把林局长叫来，严厉责问为何还没给金玉安排工作。林局长哭丧着脸说："安排到县图书馆当管理员，她不去。"

"为什么？"乔江山追问，"嫌工作差？"

"不不、不是。周向文说要是公平正道的'分流'，看厕所也行。告状告来的工作不干，一干就脏了自己的初衷。"

乔江山头上浸出一层冷汗。他明白这回是碰上刺头了！他不明白这家伙到底想干什么？自己是否该和他见面谈谈？

正当乔江山一筹莫展时，一场突如其来的洪水将建在河道的养牛场一扫而光，举报信反映"弄虚作假"的物证反而变成上报灾情的"摇钱树"！

乔江山像铁打的"江山"，稳坐在自己的宝座上。

田桂生看着雕像一样沉思的周向文，说："'凡是反动的东西，你不打，他就不倒。这也和扫地一样，扫帚不到，灰尘照例不会自己跑掉。'"

"'前途是光明的，道路是曲折的。'我就不信，这么伟大的党，能容得下这样的蛀虫。看来是该采取行动的时候了！"周向文的声音充满自信。

田桂生说："其他事我做不了，上访材料我包了。"

周向文说："我不会辜负你那笔好字。"

周向文彻底放下生意，带着田桂生帮他不断复制的各种材料，开始一次又一次到市里、省里去上访。

长途客车的售票员、司机都和周向文熟悉起来，一看到他就知道又是去上访，总是关切地打问上访的过程和结果。在那个金色的秋天，周向文毫无个人目的的行为使他一举成为闻名全县的"知名人士"。

乔江山觉得犯不着拿自己的前程去和一个"二百五"死磕。他让公安局局长私下去做周向文的工作，许诺只要不再上访，不仅工作单位由金玉挑，还答应给他一笔钱。公安局局长认为这是在书记和老乡面前两边落好的机会，带着酒菜再次登门造访周向文。周向文声明喝酒可以，事情免谈。

局长比周向文小两岁，他喝着酒真诚地说："大哥，首先你得承认，你和他之间不属于敌我矛盾，他能开出这些条件来，说明已经认识到了自己的错误，咱为什么不能原谅人家？"

周向文说："不平则鸣。'哪里有压迫，哪里就有反抗。'"

局长突然也想起一句毛主席语录："如果把同志当作敌人来对待，就是使自己站在敌人的立场上去了。"

周向文沉思了一会儿，说："这件事，一开始我确实有意气用事的成分，也为自己的行为犹豫过。可越调查我越发现这状我告对了。之后，我就不再是为工作，更不是为钱上访告状了。"

"那你到底是为什么？"局长忽然感觉这个"二百五"是个有意思的人，十分想知道他真实的想法。

周向文瞅着老乡看了半天，黯然叹了口气说："你不会理解的！咱喝酒吧。"

说话就到春节，一过春节就是"两会"。乔江山忽然紧张起来：如果周向文到时出现在人民大会堂前或国家信访局，那将是什么结果？！敏锐的政治嗅觉使他惊出一身冷汗。

乔江山请公安局局长吃了顿"交心饭"。他说，把所有工作都放下，喝酒、下棋、打麻将……要干什么随你便，关键是"两会"期间不能让周向文出县境。纪委书记的位置我给你留着，就看这次你能否看住周向文！他知道公安局局长一直觊觎那个位置，干脆把话挑到明处。重赏之下必有勇夫嘛！

公安局局长确实动了番脑筋。他把周向文请到黄家庄水库，说那里的水泵坏了，让他带着工具和材料去现场修理，修理费自然优厚。他计算了会期和工作量，弄来八台烧坏的潜水泵，天天好吃好喝陪着周向文，还派两个便衣给周向文打下手。周向文好像不知道是圈套，该吃就吃该干就干。一天晚上，四个人热热闹闹地喝着喝着就都醉倒了，爬到床上睡得跟死狗一样。这时，周向文被人背出房间，上了一辆从市里租来的出租车，离开黄家庄水库。

这次周向文不但去了国家信访局，还找到本省代表团驻地反映情况。

乔江山下定决心，并把自己的决心搬上常委会，公安局以扰乱社会治安罪劳教了周向文。

半年后，乔江山被提拔为省直某局副局长。

一年后，周向文解除劳教。走出看守所的铁门，两眼适应了空旷的明晃晃的阳光，他首先看见拄着双拐的田桂生，顺着田桂生的目光又看到公安局局长。局长没当上纪委书记，他清楚并不是周向文搅了他的好事，而是人家关系比他硬。他上前握住周向文的手说："解铃还须系铃人，我来请你喝顿接风酒，给你道个歉。"周向文没有怨恨老乡，他知道在自己的事情上他充其量是执行者。酒桌上，局长不解地问："老周，放酒里的安眠药你是什么时候弄到的？"

周向文望着田桂生哑然失笑。

局长顿时就明白了。他说："过去的种种都不提了，我就是不明白，放着好好的日子不过，你为吗执意要告他？就算他弄虚作假，那和你有吗关系？"

周向文看了看田桂生，两眼盯着局长问道："你说中国的抗日战争和白求恩有什么关系？"

局长被他问的一脸茫然，反问道："你说有什么关系？"

满脸酒红的田桂生激动地站起身说："'一个外国人，毫无利己的动机，把中国人民的解放事业当作他自己的事业，这是什么精神？这是国际主义的精神，这是共产主义的精神，每一个中国共产党党员都要学习这种精神……我们大家要学习他毫无自私自利之心的精神。从这点出发，就可以变为大有利于人民的人。一个人能力有大小，但只要有这点精神，就是一个高尚的人，一个纯粹的人，一个有道德的人，一个脱离了低级趣味的人，一个有益于人民的人。"

局长知道这是毛主席语录，却想不起文章题目来。他还等待着下文，田桂生就此打住。

周向文瞅着一脸懵懂的局长，和田桂生对视着笑起来，好像他们面前是个弱智的傻瓜。

开车送周向文回家的路上，公安局局长仍是满脸迷惑，他使劲地想：白求恩……白求恩和身边这个人的行为有啥关系呢？

发小们的病

1

张天民病了，这消息是逢时告诉我的。

距清明还有半个月，逢时打来电话说："青山，你准备哪天回来上坟呀？定了日子提早告诉我，我叫上天民咱一起聚聚。"

我说行。

奶奶去世后我家老宅就空了，再回村不是吃住在天民家就是逢时家，算起来还是在逢时家的时候多。天民常年打工，孩子们在外上学，家里就他媳妇桂英。每每看着我跟逢时往他家走，桂英就一脸不满地说："去吧，去吧，人家支书家饭好！"

说归说，一会儿她就跑过来和逢时媳妇剪子一起做饭。

"不是你做的饭差，"我和逢时喝着酒逗她，"是你不和我喝酒嘛。"

桂英初中毕业就辍学回家帮娘给一家人做饭。在此之前她、天民和我一直同班。她觉得和我更近一层，我和她说话也随便。

"算了吧，你是和我没话说，他要在家喝凉水也撵不走你！就你那点酒量儿还喝不住我哩。"桂英是那种泼辣干练的女人，果真端起一杯酒说，"来，我替天民敬你一杯。"

剪子在锅台那儿就笑出声来："看看，惹祸了吧！"

要是碰上逢时不在家，我就让桂英给做饭。她娘家姊妹多，她是老大，磨炼得家里地里都是把好手。等她把饭做好，我坐着圈椅在方桌上吃饭，她却拿个杌床儿到门口坐下，手里不定找点什么活儿，开始和我不住嘴拉呱村里那些陈谷子烂芝麻的人和事。我喜欢这些东家长西家短的趣闻轶事，它们会和我的记忆融汇在一起，打消我对村里的隔膜或陌生感。剪子温顺，不爱说话，我私下想或许逢时嘱咐过，不让她跟我乱说。逢时已经干了好几届支书，村里说这说那的都有。每逢我在天民家吃饭，剪子都会拎着一瓶酒过来坐会儿，说："让桂英嫂子陪你喝，她能喝。"

"你给逢时留着吧，没人陪他喝，有饭吃就不赖了！"桂英拿出嫂子的架势来。其实天民才比我大两个月，逢时小我们一岁，低一年级。但上学那会儿，无论勤工俭学还是假期劳动我仨总是摽在一块儿。他俩是我在村里最要好的发小。

我当然不喝酒，剪子走了，那瓶酒就留在天民家。

"逢时，有事吗？"我知道逢时不会无缘无故打电话，长年担任村干部他已历练得颇有城府。

果然，略顿几秒钟他说："天民，怕是……脑子出了毛病……"

"啊……"我心里一惊，追问道，"脑血栓还是脑溢血？前天才和他通话……"

"他说你让他帮着找棵小核桃树……"逢时打断我的话。

"嗯，我想在墓地空闲处栽……我这就联系医院，你马上把他送过来！"逢时有辆别克轿车。

"不是你想的那样，他是……精神上的事儿。"逢时迟疑了一下欲言又止，"你回来问问桂英就知道了。"

年过半百，最怕听说哪个亲朋故友突然病倒，这"突然"之后多半是悲剧性结果。但听逢时这么一说，我反倒放下心来。

桂英是个心直口快的女人，她的话当不得真。这两年每次回村她的保留节目就是控诉天民，张口闭口"精神病"：说他在外打工打得不通人情世故了——人家挣回钱来都是首先改善生活，他们家正相反。前些年是为供孩子们上学，如今孩子都上班了，天民却越发抠门，自己不花钱也不让别人花，该添置的东西不让添，她赶集买了件羽绒服，天民竟唠叨她半天；腊月她给娘家买了一捆粉条，天民也嫌没跟他商量；村里大多数人家都建起新房，他们家仍住着老房子……说着眼圈竟红起来。我就一本正经揭她的短，说这份委屈你可是自找的，当初我怎么说来：天民是牛脾气——表面随和，心里却有老主意！大学二年级那年我放暑假回来，她和天民刚订婚，逢时请我们吃饭，听我这么说，她反倒喜眉俏眼地瞅着天民说，没主意那还是大老爷们儿！桂英大概也想起当初的情景，扑哧一笑抹抹眼连我也骂上了：早知道跟你说屁用不顶，你们俩还不是穿一条裤子！下次，她好像把这茬忘了，又开始从头诉说。

玩笑归玩笑，背着桂英我还是拉下脸批评天民，说他怎么这样不通情达理呢？桂英又是家里又是地里多不容易！一件衣服、一捆粉条才值几个钱呀，贵了她舍得买吗？人家年轻时可是村里一朵

花，看看现在，满脸皱纹、一头灰发，都成老太太了。天民红着脸不好意思地嘿嘿笑道，青山、青山我有我的考虑哩。

天民就是这么个货！村里人背后都说他一根筋。

想到这些，我笑着说："逢时，他们两口子吵嘴又不是一天两天了，桂英的话你也信？"

"这回和以往不同！"逢时口气郑重地说，"如今天民不分白天黑夜地去外面转悠，白天上山，晚上在村边；不是东游西逛，就是在什么地方一坐半天，好像孤魂野鬼，常把遇上的人冷不丁吓一跳。有一回傻歹货去山上拾柴，碰见天民坐在一个树疙瘩上无声地流泪，歹货问他哭吗呢，他说哭屁股底下那棵树哩。歹货说那可是一棵大栎树，他小时候上去砍过羊草，后来粗得搂不住就上不去了。天民说他每年秋天来树下拾橡子。歹货问他，不是想上吊吧？天民说，树都没了我上哪儿去上吊？歹货说，你不上吊我就放心了。回到村里歹货和别人一讲，逗得人们到处笑传：歹货傻天民可不傻，不是发神经是什么！桂英起先只是觉得败兴，前些天她夜里一觉醒来，听见天民在自言自语，以为他说梦话哩，拉开电灯发现他大睁两眼瞅着屋顶。问他怎么了，天民却一翻身闭上眼睛睡去。桂英担心出啥意外，就悄悄跟我说了。我装着啥都不知道，问他是不是正在琢磨啥项目？你猜他怎么说，他说琢磨项目是你们村干部的事，我是在寻找记忆里的风景……"

"哦——""记忆里的风景"，这确实不像天民的语言。我脑海里浮现出他孑然一身在空旷的山梁上、在漆黑的村外出没的身影，心里不禁疑惑起来……

这两年，尽管这俩发小在我面前依旧有说有笑，但我还是隐隐觉出他们之间出现了隔阂。他们都尽量回避谈论村里的事，假如我不小心提起什么，说着说着他俩就开始拌嘴，倒弄得我不好意思地赶紧转移话题。歹货是个半傻子，总有七十多岁了吧？但他不说谎。土地承包那年，一队原来的副队长金权去赶集买山药芽，嫌价涨了没买，回到村边又后悔，怕下集再涨价，就坐在路边哭起来。就为这点事他竟然在路边一棵树上上了吊。歹货是最后一个见到金权的人，这之后见到谁哭歹货都疑心人家要上吊！若是连桂英都担心起来，天民莫不是真出了什么问题？ 年前见面他跟我说，人不服老不行，今后就在家里种种地、侍弄侍弄果树，不再出来打工了。挺明智的打算呀，莫非受了什么刺激？

"你吃了摩罗丹见效不？要有效果，回去时我再给你拿点。"

我想反正过几天见到天民就真相大白了，就转了话题。别看逢时只是个村支书，却天天在酒里泡着，落下了胃疼的老病根儿。

"时好时坏，你甭惦记，上次你拿回来的我还没吃完呢。"他似乎有什么话不便明说，"……你这回回来咱俩先见个面。"

"好。叫我说，你还是把酒戒了吧！"这话说过无数遍，明知逢时做不到我还是忍不住要说。

挂了电话我就想，逢时想和我说的事八成与天民有关。

晚上8点来钟，天民也打来电话："青山，核桃树我给你找好了。"

"人家要多少钱？"我问他。

"不要钱。"天民得了多大便宜似的说，"人家当初栽得密，树长大了，谁要谁去刨，就是没嫁接。"

"那倒没什么……"我心里装着逢时的话，没话找话和他闲扯了半天，最终也没听出有什么异常。精神出问题的人多数是思想上有了解不开的疙瘩，我几次想问问他是不是心里压着什么事儿，却不知如何开口。

"你哪天回来提前说一声，我先去把树刨下来。"天民考虑得很周全，"树不小了，省得耽误你回市里的时间。"

"嗯，初步定在26或27号吧。"老家风俗是长辈去世后头三年清明祭奠，新坟烧纸早于老坟。我一面接着电话一面踱到客厅的挂历前看日期，26号是周六，27号是周日，就说："具体哪天定下来我再告诉你。"

挂断电话，我立在那儿怔怔愣了半天。

<h2 style="text-align:center">2</h2>

我老家在太行山区一个叫鲤鱼川的深山里，山高地寒，春夏总比川外迟到半月二十来天。临近清明，川外的柳树早已挂满绿芽，返青的麦苗也已淹没蹦跳觅食的老鸹，川里却依旧是冬季模样：远山灰蒙蒙的，麦苗僵枯着，青草更不肯露芽……只有杏树不管不顾开出满树花来，在田边、坡脚、山洼远远近近随风招摇，不到近前任谁都不相信那是真花；村南村北的山坡上，丛生的野杏山桃粉粉白白地连成了片，远远望去就似云霞散落在那儿。

把车在村口停下已是10点多钟。原想早点赶回来，与逢时见过面好和天民去刨树，没料到星期天出游踏青的人那么多，市区车辆拥塞，结果"起了个五更，赶了个晚集"。

村西远处的河滩散放着几头牛，它们一动不动，像画家画在那儿来点缀风景，可这时节家乡还没风景；河坝内那几棵核桃树下有两个老人，看不清他们是在栽树还是刨树；村北山脚下有人正在新辟出的一片空地前用三马车拉石头垒石塔，是准备盖新房的样子……如今，在外打工长了见识的人们感觉出老宅院的狭窄，都跑到村外建新房，新房是卧砖到顶、水泥浇筑，外墙贴着瓷砖，和老宅院形成鲜明对比，村子看上去就似锦盒包装着一件老古董。村落静悄悄听不见任何响动。飞速扩张的城市仿佛魔力十足的磁铁，将农村充满活力的青壮年像一粒粒铁粉一样悉数收拢进城里，昔日乡间的喧闹和生气已荡然无存。

"青山。"一个低矮黑瘦的女人拉着个四五岁的男孩像从地下冒出来，突然出现在我面前。

"丙寅嫂！"我认出她来。

"还认得我哩！"女人笑出满脸皱褶，缺了上下门牙的大嘴咧着像个黑洞。

她叫多霞，是我家邻居，乡亲辈叫她嫂子。在我记忆里她还是当年那个娇小白净的中年妇女，夏天爱穿一件月白色碎花褂子，冬天则是天蓝色罩衣，显得干净利落。现在她穿着一身陈旧臃肿的黑色棉袄棉裤，完全变成了一个邋遢窝囊的老太太。丙寅哥年轻时在县里当邮递员，20世纪60年代初国家动员干部职工回乡参加生产，从川外把她带回来。她天生娇小，做的一手好营生，却干不来地里、山上的活儿，很少参加生产队劳动。土地承包后村干部发不了补贴，就把祖辈几十年养护起来的山林划分成片，10万元、8万元让人顶下来砍伐了卖窑木，今天卖一条沟，明天卖一面坡。那年冬天丙寅哥上山替人砍树，被别人踩落的一块滚石砸死，给这个弱小女人留下一儿一女，还有半辈子的艰难时光。

我指着那孩子问："嫂子，这是谁家的呀？"

"黑子家老三。黑子，你还记得他不？"她说着把孩子往前推，孩子却使劲往她身后躲。

"黑子……记得。"黑子是她儿子，我在家那会儿也就比眼前这孩子大一点儿。

"他们两口子都出门去打工，把孩子们扔给了我。"她一面说，一面又去拽那孩子。

我问："你这是去干吗呀？"

"等你哩。"她脸上显出几分得意。

我诧异道："你知道我今天回来？"

"天民告诉我的。"她往北面的杨树沟一指说，"吃过早饭我遇见他拿着铁锨镢头说是去给你刨核桃树。"

初春柔弱的太阳正在靠近中天，我不想再耽搁时间，就直截了当地问道："你等我有事？"

"嗯，嫂子这回求你一件事。"她望着我问询的眼神，有些羞涩地说，"想让你跟逢时说说给我把低保办了。"

我说："嫂子，低保是有条件的……"

"我知道，我知道。"她说，"嫂子不是当年的嫂子了，又是胃病，又是心脏病，就是不敢去医院。你丙寅哥留下这一摊屎，我得拼着老命擦呀。"

我说："你没找过逢时？"

"找了。逢时也不说不给办，可就是总轮不上我。"她说着脸色尴尬起来，"嫂子一个妇道人家，不定哪里就得罪了逢时哩。"

我笑道："你和逢时有过节儿？"

"我不知道这算不算过节儿，从前年起逢时就想卖了俺家的地盖房子，我没答应。嫂子不是有意为难他，是觉得自己一个孤寡老婆子，有那二亩地心里踏实。"

我说："我理解嫂子。逢时不是那种小肚鸡肠的人，见了面我问问他吧。"

说着我抬腿就往村里走去。老太太撒手孩子一溜小跑追着我说："青山，我知道逢时听你的，嫂子这事就靠你了！"

我又随口问了句："你家承包地在哪儿？"

"八亩地。"她说。

一听说是八亩地，我心里顿时轻起来。鲤鱼川山多地少，连片成亩的庄稼地更少。八亩地紧靠村边，老辈子属于大地主侯家，是全村最大的一块水浇地，有条一尺多宽的水渠直通村西的月亮坑。两亩大小的月亮坑像是天然为八亩地生成的，坑底有泉，四季不干，春天一解冻坑里的水自然就流进水渠，途经八亩地潺潺流向村东。妇女们尽情地在渠里洗菜、浣衣，孩子们能从中捉到鱼虾，谁家的狗冷不丁会跑到渠边，伸出粉红色的长舌头哗啦哗啦喝水。当然也有人家可以借此浇地浇园，却都是磨盘或土炕大小的地块，最受益的自然要数侯家八亩地。老侯家号称从我们村到北京，上千里路程不住别人家店，不喝别人家水，沿途都有他们家买卖。老人们说——也说不清是哪辈子的事了，侯家和村里另一大户陶家为争夺八亩地结下冤仇，后辈子人就开始明争暗斗。侯家得了长孙，取名叫侯驰涛（谐音即"猴吃桃"——"侯"吃"陶"），陶家针锋相对，当即给嫡孙改名陶有信（谐音"桃"有信，信即砒霜）。到了民国，侯陶两家都把子孙送到京津去读书，陶家的后人加入国民党，侯家子弟就一律参加共产党。结果解放时陶家人多数跑到台湾，侯家后代则汇聚在北京。这是题外话。我想，逢时好歹是村支书，绝不可能去八亩地盖房，除非他疯了。

大约瞧着我神态异样，多霞紧张地说："青山，嫂子要有惹逢时不高兴的地方，你给嫂子圆圆场，让他别跟我老婆子一般见识。"

走进村街，我一路和门前的乡亲打着招呼，他们多数是和多霞年岁不相上下的老人。年轻的妇女和孩子们则好奇地瞅着我，他们不认识我，我也不认识他们。光阴用它看不见的魔力，不知不觉就把人们磨得老去，当年生龙活虎的壮年人已逐渐消逝；而草芽似的孩子们却一个个长大成人，娶妻生子。不禁就想起那首诗："少小离家老大回，乡音无改鬓毛衰。儿童相见不相识，笑问客从何处来。"过去一直以为这是在描写落叶归根的自我生活状态，这会儿倏然意识到他是在说冷漠无情的时光，就看到一丝无奈悲凉的笑容挂在诗人苍老的脸上……街面上老辈子铺的鹅卵石如今已被水泥路面取代，不知为何反倒让人觉得街道变窄了、空落了。快到逢时家我才意识到，进村后没在街上看见四处觅食啼叫的鸡和乱跑的小猪。

3

链在铁梯子上的那只大狼狗狂叫了一声就冲我摇起尾巴，眼里流露出亲昵的神态。前年，逢时家那只黑背在发情期跑丢了，他托我再给他找一只好狗。我从一个搞养殖的朋友那儿给他要来一只幼犬，喂养了两个多月才抽空送回村，没想到时隔那么久它仍能认出我来。

逢时家的暖气还没停，客厅显得暖意融融。一盆迎春花在方桌后面的条几上开得金黄灿烂，春天就这样提早走进主人家。

逢时面色蜡黄、无精打采地蜷缩在床上，显然胃疼的老毛病又犯了。

"逢时，到底谁病了？你还说天民，我看你病得比人家还厉害！整天就剩下喝喝喝，都什么岁数了，你不要命了！"不用猜就知道逢时又喝大酒了，一见面我就劈头盖脸数落他。回过头去又埋怨剪子，"他都这样了，你怎么不送他去医院？"

"人家听我的吗？！"剪子眼圈一红竟落下泪来说，"昨天夜里都晕过去了，死活也不上医院检查，就知道吃止痛药。"

显然一夜没睡觉，剪子两眼像白兔一样红。

"你俩别大惊小怪的行不？"逢时不耐烦地欠身坐起来，"病在我身上，我心里有数，不就是胃炎吗？唉，人不服老不行，这不是赶上村里出事了吗，多喝了两场……"

他说的"事"电视新闻报道了。前几天我们村发生了一起杀人纵火案。一个吊儿郎当的年轻人半夜从外村喝酒回来，走到距我家一百多米，距天民家三百米那个临街的商店前停下摩托车来敲门买烟，女店主带着刚满一岁的孩子住在店里，说睡下了不卖了。年轻人不由分说撬开窗户钻进去，强奸并打死了店主，然后放了一把火。等人们赶到现场，大火已把卷闸门烧得通红，女店主全身赤裸躺在门外，头部枕着一摊血浆，孩子像只幼小的熊猫，趴在母亲身上哭一阵昏迷一阵。人们就督促着那年轻人的父亲拨打110和120。

村里发生这种事，当支书的自然轻松不了。虽说案件有派出所、公安局负责，但两家当事人恐怕都要找他，喝酒自然是必不可少的环节。

"如今的年轻人咱真是理解不了，打破脑袋也想不到会发生这种事。唉——打人的木棒都烧毁了，他要一走了之，这案还真不好破。算了，不说这些破事了，本来今天想等你好好喝一壶，喝不成了。"逢时苦笑起来。

听他张口闭口不离喝酒，我就沉下脸来说："剪子，你收拾一下，下午你们跟我一块走，去省医院住下给他彻底检查一下。"

"剪子把酒和菜都送到天民家了，中午你们哥俩喝吧。我说让你回来咱俩先见面，是有事托付你哩。"逢时话锋一转切入正题，思忖了一下说，"这几年种庄稼不挣钱，家家户户都靠打工过日子，人们越来越不拿承包地当回事。从小咱俩都觉得天民是个老实耿直的人，哪知道他还挺有心计，竟然不显山不露水把八亩地买下了六亩……"

逢时刚说到这儿，院里的狗猛然狂叫起来，门帘一撩走进一个六十多岁的男人，看见我他愣了下，随即叫道："青山回来啦？"

"是三棒哥啊。"我认出来人，忙站起身去兜里掏烟。三棒年轻时是大队的拖拉机手。

"你坐，你坐。"他接住烟点上，转向逢时说，"我上回和你说的事，你给问了乡里没？"

"啥事？"逢时耷拉着眼皮并不看三棒。

"就是我们几家凑钱从南沟引自来水那事，你还拿手机照了相。"三棒也不往逢时跟前走，就远远地立在屋里地上，"听外村说这样的工程能向上面申请补贴。"

逢时黑着脸说："乡里说问问县里，还没给回话哩。"

三棒瞅了逢时一眼，阴沉着脸张了张嘴没再说话，转身一甩门帘走出屋，人到门外又撂下句："胡宅口村都有人领到这份钱了！"

逢时愣了会儿，自失地一笑说："当个支书就像欠了全村的，人人都是你的债主。你看看，这还是我本家叔呢！心里就自家针尖大那点事，哪管你是死是活！”

我瞅着病在床上的发小，同情地说："越是基层工作越难干，每天要面对一个个具体人、具体事，又都是乡里乡亲。唉！"

"村干部是老鼠进风箱——夹在老百姓和乡里之间，两头受气。"逢时摇着头笑了笑，接上刚才的话茬说，"还说天民吧，他供孩子上大学那是正经事，可你说他买地干吗呢？儿子都大学毕业了，你看看他那家，现在村里谁还住老房子？我想从他手里把地买过来，有钱了他好盖处新宅院，不承想我把地价都出到行情的两倍了，天民愣是不卖，气得桂英都骂他精神病！桂英和他一生气，他就去蹲在地头上抽烟。那地他要真有用我也不张这个嘴，问题是他吗用没有。我问他，你弄那么多地干吗？他说种庄稼。我说你看看如今谁还种地哩！他反问我，没庄稼农村还是农村吗？你听听这叫什么话！如今是见到我躲着走，天天去山上、村外转悠。咱仁是光屁股长大的发小，我想让你做个中间人，价钱你说了算。"

莫非天民的病和这件事有关？又想到刚才多霞的话，我问逢时："你买他的地想干吗？"

"我想把八亩地整个买下来，建座带花园的院落。"逢时眼睛一亮，直言不讳说出自己的打算。果然有这么回事！

"逢时，那可是基本农田。你是村干部，又不是不知道政策，你在那儿盖房子，就不想想上级和群众会怎么看你，怎么说你？再说现在这房子不挺好吗？"逢时的四合院过去是我们生产队的马号和羊圈，也有一亩多地，卧砖到顶，打着圈梁。门前的道路直通村中央大街，街塝下面是一方方豆腐块似的麦田，再远处则是河滩。屋后是面一丈多高的土石崖，崖上就是著名的八亩地。

"青山，你别着急，别看你成天编书哩，如今农村的事你不了解。"逢时笑着说，"这会儿上级提倡建设美丽乡村，我是想带个头儿。我喜欢八亩地居高临下，敞亮。咱这里自从2000年划为林业区，土地的事上级就统得不那么死了。过去大队还有个房基地审批权，现在土地、荒山都分到个人手里，有了条件人家直接就去承包地或是换地、买地建房。要是上面有关系，乡里县里都装聋作哑；要是没关系，顶多也就罚个钱了事。如今的事，大家都睁只眼闭只眼……"

或许划为林业区后国家放宽了土地使用权限的管理？这我还真不清楚，心里惦着天民那头的事，就说："这件事儿我可以做天民的工作，但你可不能犯错误。剪子，你准备一下，下午你们和我一起走。"

赶到天民家，他已经把那棵核桃树扛回来。酒和菜摆上了桌，桂英也做好了腌肉卤、擀好了面条，只等我一到就下锅。

我跟天民喝着酒说起逢时的病情，桂英在锅台前笑道："听他蒙你呢，他是昨天喝倒的。乡长家闺女出嫁，昨天回请各村的支书和主任。'支书见支书无非是喝大酒'，我看见是乡里的人把逢时从车上背回家的。"

自然又说到刚刚发生的那个案件。天民是最早赶到现场的人，他一到就说："打110和120吧。主动报案算自首，救人算是悔过表现。"

那年轻人的父亲一听赶紧拨打了这两个电话。

"咱村也出杀人犯了！"天民喝下一杯酒喟叹。

我看了看他没作声，从见面起我就在默默观察他。

面对这桩突如其来的惨案，我相信村里人人都会震惊，替受害者惋惜、对杀人者愤怒也是自然而然的事情，作为街谈巷议人们肯定会议论很长时间。但天民感慨的却是这一恶性事件发生在我们村——我们村居然出了杀人犯！在他心里好像这种事不该发生在我们这个民风淳朴的村子，或是遗憾我们村的风气也变了！

天民从小就这样——举止言谈常常出人意料。

中秋节夜晚，他一抬头望见阴霾的天空，也不管大家正干什么，突然就说："'八月十五云遮月，正月十五雪打灯。'不信看吧，准哩！"

大伙在绿油油的谷地边撒尿，他异常欣喜地叫道："快能吃着新米啦！'六月六见谷秀，七月七吃新米。'"光顾高兴结果尿了自己一裤腿。

街上谁家的老人夜里死了，第二天他就说："昨天晚上，'呱呱幽'（猫头鹰）叫唤了。"乡俗认为猫头鹰能嗅到死亡的气息。

上初中时，天民露过一次脸。我们队将原来位于村里的羊圈改造为仓库，在村西口的马号旁新建了一处羊圈，这样不但羊群进出方便，街上也没了脏兮兮的羊粪。不料羊群习惯了旧圈，放牧归来仍然是奔旧圈跑，一连几天放羊汉挥舞鞭子东奔西跑往新圈驱赶，累得满身臭汗。晚上，天民把几块光溜溜的鹅卵石散摆在新羊圈，每块石头上撒一层盐末，羊们争相舔食。第二天放牧归来，羊群自动就往新圈跑去。这事连大人们都惊奇不已。

静静的夜晚，孩子们摸黑坐在街上聊闲天，天民莫名其妙就冒出一句，今年七月立秋，荞麦得晚种——六月立秋，提前十天种，七月立秋，错后十天种……

谁也说不清他脑子里这些乱七八糟的玩意儿从哪儿来的。但我知道除了从大人们嘴里拾话，他还藏有一本线装的《四时纂要》，遇到雨雪天气就在家搬着字典翻看。那本书装在一个专门的木盒里，我猜是他爹当农会干部时从侯家或陶家得来的。他私下借我看过，除了占候、择吉、禁忌等封建迷信的东西，书中大量记载着四时农业技术知识。然而，那些稀奇古怪的"知识"距离孩子们的生活和年龄是那么遥远，极少得到同伴的共鸣，而他却乐于去生活中体验印证。

不过，我们村确实没出过杀人犯。

我和天民都是1961年生人，从记事起我们村一共出过两个犯罪判刑的，但都不是死刑。一个是1966年毕业的高中生，回乡后不安心务农，仗着点一知半解的中医常识，时常装扮成医生跑到山西偏僻的山村去行骗。为了维持生计，他偷盗了一个孤寡老人家，案件侦破后被判刑。另一个是烈士子弟，快四十岁还打着光棍，村里派他去修水库，他竟然想炸毁战备公路上一座桥梁，嫁祸给房东，从而得到人家妻子，结果东窗事发被捕入狱。前两年倒是还有一个入狱的，却是因为意外事故：村里几个人合伙给外村修建一座石拱桥，有个人开着自家的三马车负责接送大伙，不料刹车失灵出了车祸，一死两伤。死伤者家属说坐车是出了油钱的，要么赔偿，要么就起诉。车主人赔不起钱，中间人又说和不下来，他就选择去住监狱。村里人"哎呀，哎呀"感叹如今的世态炎凉。这件事还是有一次吃饭天民给我讲的。

说到这起案件，桂英又开始埋怨天民多事——现在村里人都说打人的棒子都烧没了，只要人一跑这案准破不了。

"天网恢恢疏而不漏!"天民把酒杯往桌上一蹾,激动地大声责问,"他能跑到哪儿去?"

我吓一跳,以前天民可不这么外露!

桂英撇了撇嘴,转身将肉卤面端上桌。

4

老家风俗是正午12点过后上坟祭奠。

吃了午饭,我和天民把那棵核桃树运到墓地。祭奠完毕,我们一人点起一支烟,想稍稍喘口气再打树坑。

这是一块约四分大小的长方形山坡地,村里人管这片儿叫"坑坑地"。父亲在世时花七千多元从三户人家手里买下来,我又雇人对墓地前后的石堾进行了修整。现在爷爷、奶奶和父亲安眠在墓地东边,西面约三分大小空闲着。我就是想在那片空地中央栽下这棵核桃树。

我一面抽烟,一面打量这棵核桃树。刨树前天民已把乱蓬蓬的枝杈全部砍去,只留下主枝主干。这会儿它光秃秃躺在干土地上,就像一条小腿粗细的蟒蛇。过一会儿就有一阵风携裹着枯叶沙土吹过来,晃动着后面山洼和山坡上的核桃树、栗子树,只是失去了严冬的冷冽,那呜呜的呼啸像是虚张声势。风转瞬即逝,山野便陷入明净的沉寂,一只鸟在树林深处清亮地啼鸣,过一会儿叫一声,过一会儿又叫一声,大约间隔半分钟,直到下一阵风再次吹来。

"这是什么鸟?"我问天民。

天民蹲在墓地南边的石堾边上,侧耳听了听说:"不知道——

如今好多外来的东西连我也陌生。"

蹲着的天民像个老头，他已经几天没刮胡子。本来几个发小就数他身体壮实，今天一见面我发现他的背也驼了，想起少年时眼里那些老人，可不就是我们如今这岁数！

对面不远处的麦田隆起一座新坟，在尚未返青的麦苗中间那堆黑褐色的湿土显得异常醒目。

"那就是女店主的坟。"天民站起身对我说。

他抄起镢头开始打树坑。等他把土刨松，我就用铁锨把暄土铲到树坑周边，然后他再刨。

"孩子就在旁边哭着，他竟能做出那种事来！孩子再小也是个人哩。这个畜生！"天民把镢头狠狠刨进地里，用力将土翻起来，再狠狠刨下去，骂道，"还杀人灭口，猪狗不如！"

我从树坑里往外铲土，天民拄着镢把站在旁边说："有人说他喝醉了，有人说他是玩电子游戏玩的——把杀人不当回事了。我说，那他怎么不拿着棒子打他爹打他娘呢！"

天民骨子里是个一根筋，做事说话总不免让人觉得"认死理"。

我换了个话题："这回真不再出去打工了？"

他愣了下，旋即一笑说："不去啦。儿子一上班，我就在心里给自己办了'退休'。待在家种种地，打理打理荒山上的果树，也算是颐养天年！"

我点头说："这就对了，年岁不饶人哩！"

天民在建筑工地干的是架子工，三十来年他一直干这个职业。有一回请他吃饭，我说他能在架子工上显示出自己的优势，肯定与我们从小爬树砍柴有关，天民就开心地笑起来。我们少年时别说整

本色的真与美

—— 读李延青《鲤鱼川随记》

陈　超

　　几年前，我偶然读到李延青写的一些记述故乡人情世故、山川风物的随笔小札。它们在不假雕饰中见出个人化的情味韵致，在信笔写来里却暗含独特的体势格调，我相信这是散文随笔的高境界。我曾把自己的感受告诉李延青，祝贺他找到了自己心灵和情感经验的"自流井"，而非为文造情的"压水井"，并建议他按这个路子再多写。原来李延青早有整体打算，几年下来，他完成了随笔集《鲤鱼川随记》（人民文学出版社2009年8月出版）。此番集中读过，更给我以强烈而连贯的印象，下面谈谈我的观感。

　　"鲤鱼川随记"，命名朴实但又精当。鲤鱼川，是作者故乡的名字，特意点出都是围绕着它的书写，说明作者不是将故乡简单放大为泛泛的文化意义上的"乡土中国"，不是借笼统的"农耕文明怀恋"之酒杯，浇欲望都市批判之块垒。而"随记"，从语词色彩上又与"随笔"略有差异，它似乎更自由灵活、随事随景而起记之谓也。我觉得，李延青不用"随笔""记事"等更通用的语词，似乎有内心深远曲折的消息。

　　这部集子的结构颇具匠心，虽为"随记"，但看得出作者是有整体结构考虑的。一篇篇看过去，似乎它们是随其所见、所感记述而成，但读过后，这些零散的篇章却渐渐氤氲弥漫过来，成为一个连贯的整体。读《鲤鱼川随记》我们仿佛随作家一道进入了一个唤作鲤鱼川的村落，真切地浸渍于那里的四季风物，一群普通村民的日常生活方式，为人处世风格，岁时农事，不同的心境和命运的颠踬，饶有兴味的冀西小山村的民风、民俗的"博物志"般的画卷。我们清晰地记住了许多生动鲜活的人物形象，他们都带着自己独特的个性、灵魂和身体、呼吸、心音站在我们眼前，具有鲜活的目击感。《鲤鱼川随记》中的许多情景、细节，杂七麻八的动物、植物、什物、风物及小吃食儿……使人过目不忘，深深地吸引我们，并扎进了我们的记忆。李延青把故乡的角角落落挖掘得如此广泛、真切传神，但最终它们又能聚成一口长气，仿佛作家带我们在鲤鱼川又"生活了一次"。作家其实是按照一本书的蓝图来写作那些"断章"的。整体大于部分之和，而在结构上把这一切聚拢起来，李延青就写出了一个村庄富于质感的大生命、大灵魂。这是本书在整体结构上的新异之处。

　　相应地，在写法上，《鲤鱼川随记》最大的特点是全凭本色的真。写景是实写，叙事是真事。正是这种摒弃铅华的真，决定了这些随记本身的质量。我看到，李延青没有为了增加文本的奇巧而去"转文"和"玩人"，因为任何目的的作伪，对于一部记述具体村落的真人真事的作品而言，都是不适当的，它们瞒不过有经验的读者的眼睛。读着李延青这些文字，我的确感到了"原在"意义上的具体的山地和村庄、生存和生命。诸如书中写日常生活的《麦假》《菜锅煮饺子》《汗冷》《公社》《评分》《搓麻绳》等；写人物的《尚闻香》《维新》《富农》《因果》《"二流子"马文书》《伪君子》《陌生人》《谎言》《选队长》等；写岁时风物的《下雪》《杀猪》《一棵桃树》《胡拾掇》《风箱》《扣鸟》《灯笼鬼》《烤百病》……绘景状物，叙事记人，纯信笔"白描"，却韵味饱满，都给我留下很深印象。作者不仅准确而诚朴地讲述着他所经历过的故乡日常生活，使人们习焉不察的生存和自然的细枝末节焕发出崭新的艺术力量，而且同时还体现出作家对这些事相的领悟穿透力。

限于篇幅，且举两例——

正月初二，姑娘带着女婿和孩子到娘家来拜年，午饭通常都是"菜锅煮饺子"——大锅熬肉菜再煮上水饺——这是鲤鱼川独有的饭食。

丈母娘心疼女儿啊，不但象征性地给外孙压岁钱，还要好吃好喝招待姑爷。依着丈母娘的心思，是让女儿一家吃了"二顿饭"再走才碰心——中午熬肉菜，走前再吃顿饺子。可冬日昼短，山里太阳落山又早，无奈，只好将两顿饭并作一顿，不知哪辈子人就创造出这种二合一的做法——肉菜、饺子一块儿吃。

——《菜锅煮饺子》

秋天，在较浅的山坡上除了蚂蚁，还能见到一种灰色昆虫，小似绿豆、大如黄豆。它平面的甲壳上总是驮着一些莫名其妙的东西——蜘蛛皮、半截死蚂蚁……还有很多说不上来的东西。

　　你不知道这家伙多么有趣！无论什么时候都是一副匆匆忙忙的模样，好像它一生都在辛勤劳作。大概在人类看来，总觉得它是在做着没意义的活计，所以就喊它"胡拾掇"——胡乱收拾东西之谓。

　　没人探究它驮来那些东西做什么，又如何把那些东西弄到自己的背上并能够使其不掉下；它的窝是什么样子，造在什么地方；它们的生活又是怎样一番情形？

　　对于这个世界，即使是身边的事物，我们究竟能了解多少呢？

——《胡拾掇》

　　散文随笔写作，要"实话实说""该怎么说就怎么说"，说起来似乎容易，但其实殊难做到。我以为，它要求的不仅是作家的诚实的品格，更有作家对事物"纹理"的观察、透视的深度，对人生事理体验的深度。只有具备这些，才谈得上"有什么说什么"。这里的你心里"有什么"，才是对作家的经验和才能的双重检验。比如，对于鲤鱼川奇特的吃食"菜锅煮饺子"，我们可以耳闻，但李延青还进一步写出了它背后蕴藏的耿耿深情。是作家自己对生活的敏锐感悟，以及复杂难言的情思、情韵，这些才使文章具有了震悚心灵的细腻的力量。

　　再比如"胡拾掇"，作家真确地写出了它们的性状，但掩卷之后，这种卑微得连名字都没有的昆虫，却固执地流连在我们心中，"对于这个世界，即使是身边的事物，我们究竟能了解多少呢？"我们会继续从内心挖掘出自己的答复。真正的行家里手都不会小看类似的笔墨，这是一种有极大"分寸感"难度的书写，一首复归大地本源的"在者之歌"。它以其感觉细节准确还原的"封闭性",反而向着存在敞开,使事物作为其自身而闪耀光华,使世界发光和鸣响。在上述提到的文章中,还有不少类似笔记小说的篇章,作者笔墨简劲快适,人物活灵活现,引人无限联想,但限于篇幅,不能多做引述了。

所以在写作时,真实,绝不等于就是"既在"的,而是你是否能"真正看到"并"说出"这些林林总总的"既在"来。有写作经验的人都会知道,能达到《鲤鱼川随记》这等境界相当困难。有多少力图真实地叙说事物原样的作品,却因为对事物"纹理"观察、透视的深度和对人生事理体验的深度不够,而把"真"给生生地写"假"了。所以,随记的"真实",不只是个内容问题,也同时是个技艺问题。在此,"写什么"和"怎么写"已难分孰轻孰重,二者要么同时呈现,要么不呈现,它不容滑头,难以回避。随记的劲道就体现于此。

读着这些随记,我们仿佛随作家一道溯回了以往那些艰辛而温暖、清贫而不乏义德的乡村岁月。我们看到,在表面上灰头土脸、寂寥的乡村,竟在其细部纹理中蕴藏着那么多人性的褶皱,潜藏着那么多啸傲或倔强的生命景观,容留着那么多生命的神奇。延青由故乡"鲤鱼川"的一方水土,折射出乡亲们顽强的生存意志,他为之感动;同时他又为乡村存在的滞重、压抑而发出深长的叹息乃至批判。沿着对故乡村庄的本真记忆的线索,他低回徜徉,沉思感悟,为那些在他过往生活中打下戳点的事物一一命名,创造了平凡事物中的审美奇观。

作家准确地记述着他本真的乡村记忆,不矫揉造作,不故作高深,于本色中达到情感经验的深挚缅邈,其难度可想而知。

与对"原在"世界进行本真描叙这一写作理念相应,李延青还体现出对夸张的"文化升华"的警惕。我曾经在一篇文章中谈到,近年来,"文化散文"成为文坛的显豁景致,其中当然不乏少数杰作,但也带来很大流弊。我认为其体现之一,就是作家对日常题材,也想方设法地进行大而无当的"文化升华"。我本人并不反对散文中的文化意味,我反对的只是那种故作高深、硬性"焊接"(而非有机地"嫁接")上去的文化意味。这样的散文,没有对世俗生命的真切感悟,没有"地气""人间烟火气"和心灵的赤裸的照面——似乎由于"文化升华"不容分说的价值感,就可以突然取消了生命经验的真实性似的。

李延青既立志写好"随记"体,就力避大而无当的文化升华。作家似乎只是"记述"了发生在故乡"鲤鱼川"的事物,没有硬性将之"升华",但更感人至深。在被遗忘的角隅,在低层人们卑微的生命中,更有着震人心魄的东西,而诚朴率真地直接面对它们,不加藻饰,恰恰会达到"无情无不情""限量"表述却天地同参的效果。在这些作品中,我们几乎看不到作家的"理性话语"嵌入,也没有可供讨巧地"句摘"的警句,而是以白描的独特劲道,整体性地焕发出作家生命的感动和心智的闪烁。他在流连人生光景,捕捉卑微者粗粝畅朗的生命元气时,笔随心走也就自然而然地表达了自己的文化关怀。

这样的随记,对那种易感的和说教的"文化升华",进行了有效的提醒和抵制。这里,我们面对的是一个阅历丰富、文心善良的性情中人,在他的随记中,人、情、事、景,相互晕染,达成了气韵的贯通。在我看来,他的随记并不缺少内在的文化胸襟,只不过,他的文化关怀是"如盐溶水"的、诚朴的和恰如其分的。除上面列举的篇什外，像《铜矿》《村戏》《厚道》《分粮》《尴尬》《双面》《恋爱》《铁钉》等许多作品，都不乏深厚而内在的文化况味，可这种况味是渗透在作家款款的叙述中的，令人在沉醉中顿悟，自我获启，而非作家自诩为"启蒙""引领""升华"。正因如此，在他的笔下，言人记事、写景状物，做到了言说有根，意趣横生，文化的事物，就不只存在于"文化"之中，很可能在庸常的"没文化"的甚至"不洁"的事物里，富含着更有穿透力的文化信息。

在本书的自序中，李延青说："自十六岁外出求学，故乡就离我越来越远了。特别是参加工作后，眼前的事情似乎总是应接不暇，但仔细盘点却又不知自己都忙些什么。而今已近知天命之年，待在城市的日子已几近故乡两倍，然而内心深处对于喧闹的都市仍旧是一种隔膜的感受。静下心来，脑海鲜活的依然是故乡生活。似乎这二十多年只是在做'稻粱谋'，那距离自己越来越远的故乡才是心灵的家园。"

作为熟悉李延青的朋友，我知道这番夫子自道可谓意切情真。我们考察一部优秀的作品，不但要看它本身所表现的具体内容，还要注意这个文本是被作家在何种心境，以及何种社会语境下生产出来的。这个文本是在什么方向、什么时间上与读者交流的。李延青当了二十年杂志编辑、主编，后又在省作协领导岗位上工作数年，不但事务"应接不暇"，而且处理什么事务都要定出"一、二、三、四、五……"时间久了，这类人好像自己的脑子也变成一格一格的、一款一款的。再加上对欲望膨胀的"喧闹的都市"的不适，作为内心纤敏的作家，无论是自发还是自觉，都驱使着他"击空明兮溯流光"，寻找"心灵的家园"。我以为，李延青之所以利用假期和夜晚时间写作故乡《鲤鱼川随记》，除了安顿自己的心灵外，同时也实现了在程式化的工作之余，寻求心灵"诗性的栖居"，使个我的心灵赤裸裸地照面。他追忆领悟故乡地缘历史况味、风俗世相，流连四季光景，为"一格一格"的忙碌而僵硬的工作生活程式，注入了清润畅朗的生命元气。我为他而高兴。我认为《鲤鱼川随记》是一部成功之作，是近年来散文界的重要收获，值得读者重视和分享。

生活的质感

—— 读李延青《鲤鱼川随记》

陈　冲

　　无论从哪个角度说，《鲤鱼川随记》都是一本"小书"。而其中最小的，则是组成这本书的那一篇篇小文章的篇幅。我数了一下，一共218篇。我估计了一下，其中较长的一批，顶多占到八分之一左右吧，那"长度"也就是刚够在报纸上排成一个"豆腐块儿"。而最短的一批，也有八分之一吧，每篇只有二三百字，很难单独发表。事实上，它们并不是随写出随发表的。它们是在很长的时间跨度里陆续写出的，直到成书前不久，其中的一部分才被辑成"组"，分别在一些报刊上发表过。不过，我认定这是一本散文作品，而不是一本"散文集"，更主要的还是因为它的审美特征。分开看，它的每一篇都有相对的独立性，都能单独成篇，也可以按不同的排列组合，辑成若干组，一组一组地分别在报刊上发表，可是一旦它们合为一册，这本书就产生了某种不可拆分的整体性，而使这种整体性得以成立的理由，就是它的整体意义大于所有局部的总和。

　　正是从这一角度，我觉得《鲤鱼川随记》的价值还没有得到充分的评估。篇什的精短，加上笔墨的轻盈灵巧，给了偷懒的评论者一个轻巧的解读方式：满足于品赏其中的风物、情趣。拿这把笊篱去捞，也能捞上来很多东西，收获颇丰。书里不乏山区农村的风物人情，也确有浓重的童年回忆的情趣。这虽然没什么不对，但却不能说已经到位。举个例子吧，有一篇《赶驴汉》，说的是一种鸟，因为"嘚儿嘚儿"的叫声很像人们吆喝驴的叫声，就得了个"赶驴汉"的俗名。可是它又是一种昼伏夜出的鸟，所以孩子们都听到过它的叫声，却没见过它的模样。它有多大或者多小？它长着什么颜色的羽毛？它有怎样的飞行姿态？全不知道。小孩儿不知道很正常，成了大人以后呢？即便还不知道，不能找专家问问，或者上网查查？答案总会有的。书里告诉我们了，当地叫"呱呱呦"的那种鸟，学名叫猫头鹰；"赶驴汉"也有个学名吧？可是《赶驴汉》最后告诉我们的是："它的样子就成为孩子一生的谜。"于是我们得到信息：在这本书所创造的"世界"里，有许多"发生"过的事，确曾亲经亲历，确曾真真切切地被"感知"过，但到最后也没有被"认知"。也正因此，这个世界才获得了真实性。

正是在这里，李延青显示出他的强烈的文体意识，并赋予这本书可贵的文体价值。如果说任何文学上的价值，就在于一部作品为既有的文学世界提供了某些新质，那么这本书的文体创新就是它的最珍贵之处。如果说我们当前的散文创作，最大的问题就在于正在丧失文体的自觉，那么这本书的文体价值就是它的最可珍贵之处。因此，一个有足够文体意识的批评家，不应也不会放过这个挑战。假如你有兴趣，你甚至可以试试，当你像洗扑克牌那样把这些篇什做各种随机的重新排列组合之后再去读，你会读出种种不同的、新的效果来。

相同"模样"——由许多短小的篇什合辑而成的书，已经有过很多了，但其中的绝大多数都是"集子"，没有"整体意义大于局部之和"的效果，也可以说没有这种"整体性"。而这种效果的产生，主要不是——有一定关系，但主要不是——由它的排列组合决定的，而是由那些"零件"的品质决定的。我们都知道，虽然任何一台机器都是由许多零件组成的，但绝不是任何零件都能组装成一台机器。这当然与零件的"匹配性"有关，比如书里所有的描写、叙述，都与一个叫"鲤鱼川"的地方相关，但更重要的还是这些零件的品质。具体说，就是它们的生活质感。

在我们当下的文学作品中，不仅是散文，也包括小说、诗歌、戏剧等等，普遍正在日益丧失生活的质感。举例来说，一篇出自名家（多次鲁奖获得者）之手并得到广泛好评的小说，写了一个发生于"文革"期间的普通人的悲剧，这悲剧的发生，源于一次偶然性的时间误差，而这误差的发生又源于主人公忘了及时给电子钟换电池。可是大家都知道，那个时候普通人家根本不可能有电子钟。这是一个很大的错误吗？不是。只要把它改成忘了给机械钟上发条，就全解决了。可是作家就这样写了，编辑就这样发稿了，刊物就这样登了，选刊就这样转了，批评家就这样给予好评了。当然，对于生活质感来说，这只是"入门级"的标准，不出这种差错，并不能保证必定具有生活的质感，但是如果连这都弄错了，生活的质感肯定荡然无存。正是在这种文学不断丧失掉生活质感的时候，《鲤鱼川随记》却以它鲜明、强烈的生活质感呈现在我们面前，确实让人耳目一新、精神一振。

（选自《光明日报》2010年5月13日）

语感清新的记忆书写

施战军

　　《鲤鱼川随记》看着真亲切，仿佛同一起长大的朋友围炉夜话。这种既兴奋温暖又伤怀轻叹的感觉，我只是在读现代时期的中西小品文的时候曾经有过。

　　这本书里最珍贵的东西就是天真感。人的一生总是童年少年的记忆最鲜亮，《鲤鱼川随记》写的就是那个时候，拾捡有生趣的淡而有味的东西，李延青写的是时光退潮以后童年心态复活了的感觉。

　　有一本书在调子上可以一起说说的，就是《农妇随笔选》，这本书在华人中非常有影响，也一直是我的伴旅书。它里面也有类似这样的片断，但是现代过来的知识分子，在外面待的时间长了，那种可以随时就把一种方言或者最新鲜的一种语言用到自己作品里面去的语感，显然不如《鲤鱼川随记》更自如潇洒。这样的文字有一种素朴而脱俗的风度，与许多时下作家的写作做派有明显区别。文人一正襟危坐，往往眉头拧得太重，烟火气太轻。李延青却把烟火气息和成长滋味相糅合，心接地气，自有格致，清新可喜。

　　　　　　　　　　（选自《人民日报》副刊2010年5月4日）

明人小品的现代版

鲁守平

　　李延青的《鲤鱼川随记》总共218篇，连苍蝇、老鼠、虱子也纳入其中，惟独没有"鲤鱼"一节，多少令人纳闷。沘河里有鲶鱼、鲫鱼、白条、石鲢、红翅，有貌似梭鱼的"石侯"，还有少量的甲鱼，却独独没有鲤鱼，不能不说少了一盘好菜。我之所以这么执着地要看到鲤鱼，并非我对鲤鱼有什么特别的欲望，而是因为我喜欢延青的文字，想象着鲤鱼川的鲤鱼该有怎样的一种活泼泼的生命。

　　老舍先生在谈文学语言时曾说过，古代的文言诗文注重锤炼字句，现代小说重在叙述，语言是在段落中见功夫。我以为对于现代散文，应该是语调。特定的语调不仅反映出作家对事物的评价和他的审美趣味，而且透露出作家在写作时的某种心态，传递出更多的关于作家的心理信息。笔记小品或称随笔，在中国文学中有着久远的传统，举凡人情物理、山川风物、岁时民俗、梦游琐忆无所不包，写情纪胜、志乐志哀了无拘束，而这一切我们在前人的随笔中早已经见过了。一个年近天命的游子恋乡怀旧，也不是什么新鲜题材，几乎在当下的每一期散文刊物中都可以读到这类文章。延青的独特处就在于他记事的那种语调，平和而不冲淡，温暖而不煽情，在长达13万字的追忆中，没有主观的抒情，没有张扬的激情，更没有拿捏作势的矫情。他只是把曾经温暖过他、现在仍然温暖着他的"一地鸡毛"拾掇起来，攒聚成一支令人艳羡的鸡毛掸子，也把温暖传递给我们每一个人。没有慨叹，没有赞语，每一件事物都似乎不值一提，他只是不弃不顾地娓娓道来，那片一往情深的痴迷却早已使我们感动了。对故乡的事物仿佛人人都可以如数家珍，又有多少人能够讲出218个话题呢？我就自愧不如。"物理兴衰不可常，每从气韵见文章"，这气韵的背后就是延青对山乡故土的款款深情。

　　随笔区别于其他文体就在于不用力，至少看不到"为文造情"或"为情作文"的那种较劲，一较劲，就失去了随心而记、随笔而录的风致。延青的随笔有情，但绝不在文字上"动人以情"；有理，也绝不在文字中"晓人以理"，更不在词语中着力雕饰。七十多年前，朱剑芒先生在编辑《美化文学名著丛刊》时说道："雕云镂月，摘粉搓酥，文字之外形，自不能不称为美备。然施锦绣于无盐，加珠缨于嫫母，我正不知何有于美也。"延青的文字语调轻柔，色彩明亮，尤可贵的是质地坚硬，于人于事，于民俗于自然，皆有大爱存焉。延青赓续传统，推出明人小品的现代版，让那些动不动就想要雕琢伪饰的朋友读一读，应该是不无益处的。

　　《鲤鱼川随记》"以童稚的视角和经验来观照、撷取生活"。但以童稚的视角观察生活，感受的应该是新奇、惊讶、求解、联想等等，这些情绪我们在书中都读不到，读到的只是惦念。正是这份惦记、牵挂，让延青的生命之根牢牢地扎在故乡里，让一颗在现代社会里躁动的心找到了它本该寄放的安妥处。心放稳了，文字便不浮躁，在众口一腔的时文中，反倒呈现出难得的清新。

《芸斋小说》与明净的书

苏　北

　　有一种书，让人心颤。它给人的不是那种强烈的感受，它只是让人的情绪有小小的起伏，抑或是小小的惊喜。比如周作人的《雨天的书》，废名的《桥》，沈从文的《湘行散记》。这种书的特点是可以随时去翻的，同时作为阅读者，也对你的阅读的能力，有小小的要求。你是否能够理解这样的书，你是否能够对作者的心思有所会意？我的手头就有这样的两本书，孙犁晚年的《芸斋小说》和李延青的《鲤鱼川随记》，它们实在是早间的一壶清茶。

　　最近读到一则写孙犁的文论，十分会心。说孙犁晚年"清白，清醒"。真是颇有见地。我手头的这本《芸斋小说》，是孙犁晚年"清白、清醒"的见证和结晶。这是一本由中州古籍出版社印的薄薄的小册子。浅黄色的封面，十分素净，不知谁人用毛笔淡墨题写了"芸斋小说"四个字。内文所收《鸡缸》《女相士》《三马》《亡人逸事》《无花果》《鱼苇之事》等篇什，反复去看，无以言说。在《无花果》一篇，我用钢笔在一段话下面，打了十几个大大的感叹号！

这段话是这样的：

> 她把果子轻轻掰开，把一半送进我的口中，然后把另
> 一半放进自己的嘴内。这时，我突然看到她那皓齿红唇，
> 嫣然一笑。

隔了一段（其实也不能算一段，只是短短的20个字），他又
写道：

> 吃了这半个无花果，最初几天，精神很好。不久，我
> 又感到，这是自寻烦恼，自讨苦吃，凭空添加了一些感情
> 上的纠缠……

半个无花果！看到一个年轻女性的嘴内……皓齿红唇，嫣然一
笑……这个孙犁，其实是多么多情！他并不似后来人说的，"深居
简出，脾气古怪"。他是十分多情善感呀！没有丰富的情感和一颗
敏感的心，又何以年轻的他，就写出《荷花淀》《芦花荡》中的丰
满的女性。

贾平凹说孙犁："作品的明净崇高，孙犁是第一人。"这是
见地之言。是的，孙犁写文章，从来是能发表就好，不论在什么报
刊、报刊的什么位置。孙犁是什么都能写，写出来就是文学。他的
一生，凡是白纸上写的黑字，都敢堂而皇之地收在文集里。这大概
也就是孙犁了！

孙犁的作品是"直通心灵"的。孙犁晚年，来了客人，他都会
送一本《风云初记》，再就是《芸斋小说》。他说："我的一生，

全在这两本书里。"阎纲说孙犁，"语言像蜜糖一样"，文字达到炉火纯青的境界。孙犁的文字，才是真正的行云流水，精粹的白描，真可谓妇孺皆宜，雅俗共赏。

评价孙犁的语言和文字是徒劳和不讨好的。因为孙犁的文字在那里，就像山，像水，你登上去，涉过去，就行了。他不作怪，不试验，不弄技巧。读完后，你只有会心，只有摇头摆尾地享受。要说，如何去说呢？也只有像赵本山的小品中说的：好！好！鼓掌！有时连鼓掌的份儿也没有，因为你感叹，你已愣在那里了。

《鲤鱼川随记》，是李延青冀西山乡的生活记忆，又恰是一本轻与重同在的书。说它轻，因为它类似片断，是小文章，它不是那种让人产生强烈感觉的书，但绝不寡淡无味。说它重，是因为它丰富庞杂、十分充沛，风俗世相，地缘景致，生死劳作，风物四季，涉笔成趣。全书短文二百余篇，处处透射出作者充满诗意和爱意的目光。《拾杏核》《羊腥》《咬》《梦》《树木》《间苗》，简直就是"风物志"。《老鼠娶媳妇》，看后让人失笑。《农妇》中，那个蓬头垢面的妇女，给丈夫打两个荷包鸡蛋，看着他吃完去上工，在这种平常的小事中，发现了贫贱夫妻的另一种美。《芳香》《旭日》《云》，则将鲤鱼川的山川地貌、四季风物描摹得十分优美温暖，能让人读出作者对这片土地的眷顾和深深的爱。将书前后翻翻，你真是爱不释手，那些文字，仿佛是鲤鱼川的一本"民俗博物志"，抑或是鲤鱼川的一幅《清明上河图》。

这样的书是可以随时翻一翻的。它就像雨后秋晨满地黄叶安静的森林，像没有粉脂和浓妆的初长成的少女，像草原上雨后的晴天，像冬天清晨农家小院里一夜初降的新雪，像初春枝头刚刚绽放的花蕊。好的文字就是这样，它又仿若年轻女人的乳房，结实、饱满、温软而有弹性。《鲤鱼川随记》就是这样的一本书，一本让人心生欢喜的书。

这两本书，像我拥有的另一本书：《岁朝清供》（汪曾祺著）一样，也是可以随手去翻的。《岁朝清供》我是放在车上，在城市的道路上遇上红灯，随便翻到一页，有时也只是读几行，抑或是几个字，但你仍可感到会心的快乐。那些文字是活的，是有灵性的。正像一个女性朋友给我打的比方：那些文字，不是那种满眼小蝌蚪似的，挤挤挨挨，让人眼晕；而是仿佛诸葛亮手拿鹅毛扇，徐徐出场，特别疏朗，让人安静和顿生骀荡。

（选自《中华读书报》2010年7月28日）

"鲤鱼川"的风景

封秋昌

李延青长期做文学编辑，就任河北省作家协会副主席后又分管行政工作，因多是在"为他人作嫁衣裳"，而无暇来写自己的东西。所以，尽管我与延青相处多年，却不曾看过他的作品。这次，陆陆续续读完了散文集《鲤鱼川随记》（我觉得这样的作品不能一口气读完，需要慢慢体味、咀嚼），他对事物观察之细致，记忆之清晰，描写之精到，语言之练达，遂使我又认识了一位才情足具的作家李延青。

《鲤鱼川随记》是他少年时期在家乡生活的真实记忆，没有任何虚构和所谓的艺术加工，透过童年视角，以完全写实的白描手法，把处于深山区的"鲤鱼川"的特有"风景"活脱脱地呈现了出来。

何为"风景"？百态千姿，五光十色之谓也。而单一的物象，恐怕是构不成"风景"的。延青在《自序》中说自己所写的都是一些"鸡毛蒜皮的零碎片段"。就一个个单篇来看，的确是如此，但当你读完全书，就会感到正是这些"零碎的片段"，构成了"鲤鱼川"既独特又具有20世纪六七十年代时代特征的——"风景"。你可以看到这里的山，这里的水，这里的花草树木，这里大大小小的野生动物、家畜和鸟类，这里四季的变化以及深山区的风雪雷雨；你可以看到充满童趣的"撞拐""挤油儿"等因贫穷而产生的游戏或者说体育运动；可以看到这里的人们春种秋收辛勤劳作的场景和情态；尤其可以看到生活在那个处于贫穷、封闭、极左时期的"鲤鱼川"的形形色色的人和他们不同的生存状况和命运，还有那极具地域色彩的婚丧嫁娶的风俗礼仪，等等。这"风景"，不是单纯的自然景观，而是融自然、人文、政治、民俗、人情、人性为一体的多重因素交织而成的"风景"。

于简约中见出丰富，见出文学功力，是《鲤鱼川随记》突出的特点。全书计有218篇，平均每篇不足600字，除《村戏》《娶亲》《丧俗》等少数几篇超过千字之外，其余大都在三四百字或五六百字之内，而像《柿子花》《蝴蝶》《树木》《案板》等篇什，只有七十字左右。篇幅之精短，文字之简约，几乎类似"语录体"了。然而，它是"简约"而不是"简单"。就单篇而言，它确乎是"零碎"的，但就整体而言，却容纳了我们上面提到的丰富内容。于简约中见丰富，这是相当不容易做到的，但《鲤鱼川随记》做到了。

那么，他何以能够做到这一点呢？一是有深厚的文字功底，不仅能够做到笔随意转，且能一语中的；二是能抓住人、事、物最主要的特征而舍弃次要的东西，并且不加一丝一毫的主观议论，既节省了笔墨，又耐人咀嚼；三是高度浓缩，剔除一切可有可无的过程和前因后果的冗长交代，而把最能体现事物主要特征的细节、场景、某一瞬间，最能体现人物性格和复杂心绪的一句话、一个动作或一个眼神提炼出来。《叹息》就给我留下了难忘的印象。它所选取和具体描写的，就是一位离婚不离家如今已经年老的女人在看到前夫突然归来时的特殊瞬间。可以想见，此时此刻彼此间是有着复杂难言的心理活动的，此文重点所写的老媪，也仅仅写她先是沉默不语，既不看对方，也不放下手中的针线，而后才发出一声"叹息"，接着说了声"进屋吧"。而这一声"叹息"，就把老媪那在内心积存已久、难以言说的委屈、困苦、怨怼、宽恕等复杂的心理活动都包含在其中了。这是多么简约的笔力啊！《二歹》仅有六百多字，作者只选取了二歹年轻时的两件事和最后被红卫兵打死，却写出了二歹的一生，并且写出了其性格构成的多种因素。这两件事，一是编顺口溜糟蹋姥爷和舅舅，二是跑到山西领来八路军消灭了糟害乡亲的杂牌军。可见，二歹嘎而不坏，还做过好事。至于死因，只写他"嘴边挂着蚯蚓样一道血痕，人们私下悄悄说他是被红卫兵打死的"。他的"罪行"是什么？没有交代。其实，这是不交代的交代：他不应该被打死，而现实是他被打死了。由于作者只是客观叙述，不加任何主观评判和议论，从而给读者留下了充分的想象空间。

谋篇布局高度凝练，具体描写客观逼真，要言不烦却又含而不露，这是《鲤鱼川随记》留给我的总体印象，其中记述真人真事的篇什，可以说是很好的小小说。

延青写《鲤鱼川随记》，固然出于对家乡的热爱，但由于它丰富的内容和真实不虚的描述，在民俗、文化、时代特征上具有了历史的存真性。所以，我们读这样的文字，首先能得到美的享受，其次又让我们了解到特定地域的村民在特定时代的真实生存环境和生存状态，还可以唤起我们的记忆、联想和思索。

愿延青将更多的新作、佳作奉献给读者。

那些安放心灵的岁月和风景

吕先富

李延青创作的《鲤鱼川随记》是一本独特地刻录着田野乡间逝去的岁月和风物的随笔集，计218篇，每篇少则两句话，多不过千余字。它有着词典般的简约与博识，却又有着影像重放般的生动与真切；既是一段属于个人的童年少年生活的体味，又是一份可以共享的集体记忆和人生图景。作品全方位地调动了读者的视觉、听觉、嗅觉、味觉，更令人心醉之处还在于，在那些贫困却温暖的岁月里，在那些简朴而纯粹的风景里，安放着我们的心灵。

在作者的记述之中，鲤鱼川不仅是童年少年时期的物质上的家园，更是精神上、心灵上永久的家园。鲤鱼川的模样是怎样刻画出来的呢？作者端出了一份又一份珍藏许久、回味许久的记忆。随着四时变幻、节令交替，那里铺展着多彩的画卷，比如艳丽的山桃花、摇曳的野杜鹃、平凡的牵牛花、犹如点点繁星的山菊花；那里是猫头鹰、啄木鸟、乌鸦、萤火虫、促织、蝌蚪、狐狸繁衍生息的领地；那里交织着狗叫声、风吼声、母亲的唤儿声，以及最令人感动的拉风箱声；那里散发着花香味与粪臭味；那里有着淳朴的民风民俗，邮递员、医生、教师、瞎子、二流子各色人等，杂技、正骨、理发、纳鞋底诸多独门手艺……这些生活质感浓郁的描写，充满童稚色彩的视角，或希冀或怅惘的心绪，可触可感，丰富而真切。

这部随记中的许多人物着墨不多但令人印象深刻。有名有姓的如每次运动中都参与整人因而叫人敬怕的会计尚闻香，苦学油漆手艺的年轻人维新，爱惜土地的贫农石泰，被批斗的严厉老师德馨等。作品对那些无名无姓者的刻写更令人掩卷沉思，那个管教好儿媳、女儿决不搬弄是非的文静寡言的老媪，那个苦守一生、在丈夫携家眷回来时只发出一声叹息的老婆婆，那个从一个个村庄走过的说书的瞎子，乃至舍不得穿新衣的"二截楼"，不得嫁心上人但痛哭后过起踏实日子的女人等等，在娓娓道来中，对忍辱负重、温厚善良等诸多美好品行的"拨亮"和对乡间伦理秩序的"凝视"，凸显了这部作品可贵的文化价值与社会意义。

在抒写这些美好的感情和事物时，作者的内心与笔间均透出"灵"与"净"之美。这种"灵"既是山水之灵秀，更是人心之灵通；这种"净"，既是情感之纯净，也在于行文之干净。其文字是简洁的美文。作者非常惜字，就像是为一幅幅山水画、一张张明信片题写文字，精练、朴实，虽为短制但意味深长，且结尾常是点睛之笔。所有这些都显示着作者的巧思用心与浑厚底蕴。这绝不是一本适应消费式阅读的泛滥复制之作，而是一本足以打动人心的读本，一份心灵档案。

（选自《文艺报》2009年10月13日）

大地上的事

——读李延青《鲤鱼川随记》

胡竹峰

翻开《鲤鱼川随记》，关于童年的记忆顷刻复苏，我想起小时候故乡的点点滴滴，老井旁的村姑，槐树下的老马。它更让我想起冬天的清早，赖在被窝里，看着窗户发呆，入眼是糊在窗棂上的光连纸，白白的纸，风吹日晒，已现出淡淡的灰黄，那颜色，颇像《鲤鱼川随记》的封面，白里泛黄，黄中夹灰，淡淡的，淡得让我忍不住追忆逝水年华。

《鲤鱼川随记》，我称其为怀旧之书。在城市生活了二十多年的李延青，他比我更清楚：故乡是回不去的，于是借文字抒怀，抒发对故土的情怀。乡音乡情，花草物事，渐近，渐远，近在笔底，远在过去。是以记录与表述都变得从容自如，长过千言，短则数行。有话多说，无话沉默，回忆本来就该轻轻松松、简简单单。一篇又一篇，集腋成裘，李延青在记录私人的精神发展日志的同时，无意中倒写出了一部冀西山乡民俗的"风物志"。

为什么说是"风物志"呢？因为我在图文之间，重逢了当下汉语写作中久违的田野之气与浩荡民风。炊烟，鞭炮，杀猪，酣睡，这些最朴素、最普通的日子，经过李延青的随手一记，家长里短的生活顿时散发出文学的况味。而且许多段落颇有日本随笔的味道，不过作家一改日本随笔的唯美纤细，化为来自民间的朴素，弃哀艳为淡然，在清雅的同时更多了些许明亮，譬如《水牛》一文的开头：

> 猫头鹰和"赶驴汉"属于黑夜，水牛则是在雨中才得一见的甲虫。
> 农历六月，谷子已经抽穗，再下一场透雨，水牛就出来了。它全身黝黑，长约寸许，极像在树上钻洞的那种甲虫，只是触角要短。

这种有节制的语言是淡泊的、精致的，能让平常的"水牛"萦绕出崭新的艺术力量。

从某种角度说，这本书和大地血脉相连，以致让人阅读时，不仅可以看见鲤鱼川的花草树木，也能触摸到芸芸众生的喜怒哀乐。当然，字里行间也有作家对人生的领悟，我尤其欣赏一些细微处的着墨：

> 进入初冬，漫山遍野的橡树、栎树叶子已经干枯成褐红色，有的被呼啸的山风吹落，裸露着光秃秃的枝杈，但很多树依然"枝繁叶茂"，枯死的叶子固执地留恋在树枝上，随风哗啦作响。
>
> ——《战树架》

> 进入冬天，空气干冷，风无影无形异常凛冽，鲤鱼

川人说风"硬"。男人们一律穿上了臃肿的黑色棉衣、棉
裤，没有外罩，也没有衬衣；头上包着一块脏兮兮的白色
"羊肚子"毛巾。如果不是做活儿，大人小孩出门在外都
把两手插进袖筒里，俗称"揣手"。

——《揣手》

  可以说，正是这种原生态的观察与描述，才构成了本书的肌
理，也使得李延青的行文显得生气勃勃。所以我说：《鲤鱼川随
记》是一本有关大地美学，也是有关民俗美学的书。它所呈现的场
景和与之相关的世相，发于书斋内，取自田野中。

  如今，李延青生活在那个叫石家庄的城市，在闲暇时，我想，
他和我们一样，会喝茶吃酒闲聊，也会在阳台上仰望天空，但他一
定有份从容与自在，因为他有鲤鱼川，那是作家的文学之根。

  他是个有根的作家，而许多人不过是有身份证的作家。

干枝梅香逐文来

司敬雪

　　延青随笔集《鲤鱼川随记》中的山村生活大约在20世纪六七十年代，格外清苦。"和洋槐花一样，榆钱亦能生食，对于没有零食的山里孩子就是点心了。"（李延青《鲤鱼川随记·榆钱》）大观园里的千金小姐们，见了刘姥姥带来的野蔬连说好吃，倒并非一味作怪，她们满肠满肚的油腻正需要植物纤维来搜刮一下呢。而山村孩子面对榆钱的喜悦却与小姐们没有一丝相同，他们枯槁的身体正渴盼榆钱中那可怜的一点儿糖分来滋补呢。我老家虽为平原，但小时候也有过狂吞榆钱的经历，读到这样的文字，一种难言的苦味弥漫心间。

　　作者却在清苦的生活中捡寻其欢乐。山村有烂漫的鲜花，"山桃多在远山，果实小而苦涩，但花如夜火，妖艳亮丽，遥遥望去如失手滴落在灰暗底色上洇开的一团红色；杏花恰在村前村后，一树两树、三五树，温和又热闹地开满枝头，初放时是粉红色，随后花色转白，终于随着日渐温暖的风，花瓣如雨般撒落在枯草上；接着就该看到美丽的桃花了，艳而不娇，使人联想到村姑青春洋溢的脸腮。"（李延青《鲤鱼川随记·花事》）一个常年游走于钢铁、水泥搭成的都市里的人，泥土的乡村是永远的精神家园。山村的欢乐来自姑娘们的爱美之心。"生气的事好像大家都忘记了，全家人忙乎着在院里找地方栽下那棵指甲花。这是我第一次看到指甲花，花枝上同时开放着红白两种花，白的像梨花，白嫩皎洁；红是中国红，雍容艳丽，绽放着无限生机。姐姐说红花可以染指甲。"（李延青《鲤鱼川随记·指甲花》）指甲花是卑微的，但是姑娘们喜悦的心情是无价的。她们的爱美之心让清寒的山村泛出美丽的亮色。山村的欢乐更来自少年蓬勃的生命力。少年，有生于闹市的，有生于深山的，但是蓬勃恣肆的生命力是共同的。这不羁的生命力注定给人留下一段美好的回忆。每个成年人回首往事都会不约而同地感叹少年时光的美好。

阅读延青随笔集《鲤鱼川随记》总有一种特别的感觉。这本集子由一节节的短文构成，外观上似乎给人一种散漫的印象；但正是这种不拘形式的结构，恰使作者获得充分自由，去恣意回溯已成往日的山村生活，追寻自由快意的少年情绪，不知不觉间将陷身闹市的读者带离浮喧，转入一片清澄浑然的境地里。《鲤鱼川随记》正像高原奇观"干枝梅"，碎花干枝一无修饰，却别具一种韵致；淡淡香气逐文而来，令人不饮而微醺。

闪烁着生命光华的"碎片"

——读李延青《鲤鱼川随记》

谢景林

　　《鲤鱼川随记》的作者李延青在"自序"中说："这本随笔集是故乡生活的写照，其背景大致在20世纪60年代中期至70年代后期——也是我的童年、少年时代，所以整部作品都是以童稚的视角和经验来观照、撷取生活。"这不仅为我们提供了随笔文集选材的社会生活环境，同时，为我们提供了作者的选材角度。因此，它有别于一般的回忆性文章。换句话说，作者在文集中的二百余篇作品中，每一篇都是以20年前的"我"的"童稚"的审美情趣来撷取生活的。这是构成文集的重要艺术特色之一。也正源于此，我们在阅读文集时，常常为孩子那稚气或者说"傻气"而忍俊不禁（如《恶》《醉睡》《情窦》《老鼠娶媳妇》等等）；为孩子那颗纯真而善良的心而感动（如《燕子》《搬蝎子》《上吊》《叹息》《死》《上坟》《蚕》等等）；为孩子的单纯、情趣而快慰（如《中秋节》《耍把戏》《鞭炮》《扣鸟》《促织》《季节》《蝉》《蝈蝈》等等）；也不能不为山村孩子出于朴实、真挚的，与山村人民心脉紧紧相连之感情而动容（如《哥哥》《扛柴》《打赌》

《挤油儿》《富农》《厚道》《双面》《一棵桃树》《摘柿子》《火绳》《虱子》《正骨》《挂锄》《贫农》等等）。当然，由于作者选材之广泛，内容之丰富，我们从文集中所获得的审美享受，绝不仅于此，这里只是略举一二而已。

20世纪60年代中期至70年代后期，我国正处于众所周知的史无前例、复杂多变的岁月，这样的岁月难道对山村生活就没有一点影响吗？不，鲤鱼川山村不是世外桃源。作者没有以"童稚视角和经验"来回避这一历史事实，不过，一个十来岁的孩子在没有现代化媒体的山村，何以知道全国局势？孩子们的视野只是在他们的"世界"范围内罢了。其作品，如《黄书》《因果》《"反诗"》《歌谣》《村戏》《大夫村》《尚闻香》《伪君子》《麦田》等等，从不同侧面，真实地、艺术地揭示了"文革"时期中所发生的种种荒诞不经、黑白颠倒、愚蠢绝伦的社会现象，反映了山村老幼对"文革"的反感、抵触情绪。

回忆性质的作品，也并非是将往日岁月中的人与事毫无选择地"全盘照搬"，它是围绕着作者的创作意图筛选出来的。那么，作者为何要将被尘封已久的"零碎片断"（作者《自序》语）诗意地反映出来呢？作者在《自序》中说："自十六岁外出求学，故乡就离我越来越远了。特别是参加工作后，眼前的事情似乎总是应接不暇，但仔细盘点却又不知自己都忙些什么。而今已近天命之年，待在城市的日子几近故乡两倍，然而内心深处对于喧闹的城市仍旧是一种隔膜的感受。静下心来，脑海鲜活的依然是故乡生活。似乎这二十多年只是在做'稻粱谋'，那距离自己已越来越远的故乡才是心灵的家园。"作者的剖白，显然是告诉读者他写这本随笔集的原因。此一原因，恰似一条金线将每一块"碎片"（每篇作品）串联起来，形成一个完整的艺术整体。这条"金线"令每块"碎片"都闪烁着生命之光华。换句话说，作者向往的"心灵家园"构成了文集的主旋律。这个主旋律就是，当年"鲤鱼川"山村人民那种质朴、纯真、善良、宽厚、热忱、诚笃的心地；那种勤朴、和谐、欢乐、朴实的生活；那种与大自然融为一体的诗意盎然氛围。大概就是这种缘故罢，我们捧读文集中的随笔小品，往往会产生一种梦幻般的心爽神怡、缕缕温馨之审美快感。

作品不仅内容真实，同时，其艺术表现形式颇具诗情画意。这是《鲤鱼川随记》第二种艺术特色。其真实，决定了它的文献价值；其诗情画意，构成了它的艺术审美价值。文集中，有的是一幅活生生的山村生活画面，以其魅人的境界，令人生出无限联想，从而获得诗的美感享受，如《洗衣》《叔（姑）嫂》《娶亲》《恋爱》《麦假》等等；有的以一事一物之勾勒，启人生发哲理深思，并从而展开丰富联想，获得一种理趣的美感享受，如《树木》《摘柿子》《蚕》《胡拾掇》等等。

文短而旨远，以少胜多。这是文集的第三种艺术特色。全书二百余篇作品，其中的作品多者千把字，少者几十个字，如《咬》，全文仅仅四十来字："孩子吃东西常常把舌头和腮里的肉咬破或咬出一个血疙瘩，疼痛地吐出血来。娘在跟前就说：想吃肉啦！"由此，你似乎看到那个忙叨叨吃饭的傻孩子，看到这位慈母脸上流露出来的那慈祥、温煦而又爱怜、嗔怪的眼神和笑容。甚至可以想象到山村里的母亲质朴、刚强、洒脱的性格，这和大都市里溺爱孩子的母亲之性格截然不同的。

此外，作者"水墨画"的笔法，为作品带来的淡淡的韵致；"方言土语"的运用，为作品注入的地方色彩，都是铸成作者的随笔作

品独特艺术风格之要素。这里就不——赘谈。

　　感谢作者在这喧闹扰攘、心浮气躁的氛围里，给我们带来的清爽怡人、明朗馨香之春天气息。

2009年9月11日于津门

抹不去的儿时记忆

——读李延青《鲤鱼川随记》

相金科

　　李延青的散文《鲤鱼川随笔》（人民文学出版社2009年8月出版），是作者童年少年时故乡生活的写照。整部作品都是以童稚的视角和经验来观照或撷取生活，是作者儿时生活的万花筒。书中无论风俗世相、四季情趣，还是自然百态、历史故事，字里行间都洋溢着作者对故乡的眷恋，洋溢着作者对儿时生活的切身体验，洋溢着作者对故乡点点滴滴的温暖与会心。

　　《鲤鱼川随记》内容丰富，视野开阔，全景式地把读者带进了一幅有浓郁山乡特色的风俗画卷。"搬蝎子"是鲤鱼川一项特殊的农活。在农村，蝎子大多生活在野外山坡阳面的石头底下，翻开石头才能发现，所以鲤鱼川把捉蝎子叫"搬蝎子"。"野生蝎子是鲤鱼川贵重药材之一，用盐水煮过晾干，收购站以每斤10元的价钱收购。因此，'搬蝎子'不仅是学校的勤工俭学项目，也是孩子们获得'体己钱'的手段。"搬蝎子时，挨蜇的事时常发生，被蜇后孩子往往疼得忍不住满地打滚。从搬蝎子这一充满挑战刺激的活动中，农村孩子生活的艰辛可见一斑。

"摘柿子"是鲤鱼川的一项经济活动。收完谷子、玉米，种上小麦之后，人们就开始注意柿子了。"农历九月，青涩的柿子转红变甜，从绿叶后探出头脸。""霜降一过，柿树就似山野间骤然燃起的一丛丛火焰，叶片鲜红艳丽。未几，随着寒意十足的秋风，一片、两片、三四片渐次零落，光秃秃的枝梢挂满红黄的柿子，如同一树喜庆的灯笼。"在作者笔下，柿子成了善解人意的天使，给生活本来并不富裕的山村带来了一股温暖的希望和喜庆，让人们苦中寻乐，看到红红火火的日子。

《鲤鱼川随记》语言清新纯美。作者用儿童的眼光观察事物，品味生活，描摹世间百态，纯真挚朴之中蕴含着思索，浅白的叙述之中蕴含着睿智与哲理，充满着诗的意境、诗的美感。在《鞭炮》中，作者这样写道："一入腊月，男孩子的心就惶惶不安地吊起来。他们关心的不是新年的衣服和吃喝之物，而是鞭炮。""大年初一早晨要比赛看谁起得早。听到炮声，孩子们慌慌张张爬起来聚到街上，开始在自家门前放炮。一般是先放二踢脚，然后才放鞭炮。头天夜里他们已小心翼翼地将整挂鞭拆散，早晨就在门前一颗一颗零星去放。胆大的手捏着炮尾，待炮捻即将燃尽时扬手向天上一丢——'啪'地一响；胆小的就把炮插在墙缝里或雪堆上，点燃后赶紧跑开，也是'啪'地一响。大年初一的早晨就这样'砰砰啪啪'响成一团。"这简直就是一幅鲜活生动的图画，把乡村过年时那种热闹喜庆场面，通过孩子们放炮这一具有代表性的活动，淋漓尽致地呈现在读者面前。作者写国良上高中时穿的一条裤子，裤腿短了，裤脚吊在小腿上，露出老长一截小腿，惹得女生捂着嘴笑他时，则又充满着苦涩。"国良娘找人把裤腿接了一拃来长，可是颜色不一样，崭新的裤子成了乡里所说的'二截楼'，国良背着人伤心地哭了一场。"高中生国良的经历，过去农村好多穷苦人家的孩子都曾有过，作者旧事重提，意味绵长。

文笔简洁洗练，是《鲤鱼川随记》又一鲜明特点。书中每一篇文章都很简短，短的只有几十字，长的也不过千把余字，但每一篇文章都生动鲜活地把山村那五彩缤纷的景象呈现出来。这里的"椿树花""洋槐花""山桃花""柿子花""白菜花""山菊花""粘蝇花""山丹花""牵牛花""指甲花"漫山遍野，让人眼花缭乱，目不暇接，几乎每一种花都有一个耐人寻味的传说或故事；这里的"选队长""走亲戚""修水库""纳鞋底"或是"拾杏核""陌生人"的故事，都隐藏着儿童眼里一个又一个小小的秘密；这里的"杀猪""上坟""间苗""浇地""扣鸟""理发""磨面""娶亲""打赌""钓鱼"等等，每一桩都是印在作者幼小心灵中抹不去的记忆，都诉说着人间苦辣酸甜千般滋味，都映现出山里人的喜怒哀乐。寥寥数语，短短几十字几百字，就述说得清楚明白，让人浮想联翩，读过之余让人有所感悟，有所收获。有些文章甚至仿佛要把读者一起拉回童年。

鲤鱼川是一部故乡的词典

高维生

　　我听到一声苍凉的呼喊，凝固成人的形状，久久不肯散去。这一天，天气一定是季节最美好的日子，一个孩子上大学回来度假，和父母要去十八沟走亲戚。他们出了家门，来到村口时，远远地看见对面山坡上一群劳动的人中，跑出一个人，气喘吁吁，嘶哑的声音中，透着一股井水中的阴冷。他大声地向父亲喊道："老李——我平反了，是他们冤枉我呢！"

　　而这时，孩子的父亲望着跑过来的人，问身边的妻子："是谁呀？"妻子手遮额前，挡住晃眼的阳光，看了半天说："像是德福。""冤枉"这座沉重的大山，终于被推倒了。德福奔跑在大地上，像是自由、快乐的兔子，既幸福又羞涩。这种情感的表达，与他脸上的沧桑极不协调。德和福意味深长，当初老一辈人起这个名字时，考虑的不光是家谱的排序，也是对他一生的寄望。福没带来多少，而捎来的是灾难。现实和理想的差距太大了！

　　鲤鱼川展现了人的存在困境，一场人生凄冷的暴风雪吹打，降落在北方的秋夜，我不忍心读下去。阅读是痛苦的，我静静地坐在藤椅中，努力地驱赶这声音，让它在秋夜里游荡。

《鲤鱼川随记》是李延青的一部散文。他的文字，像故乡大山中的青石，自然而朴实，没花哨的修饰。他不追求奇，不追求怪，清清淡淡，在《自序》中说："自十六岁外出求学，故乡就离我越来越远了。特别是参加工作后，眼前的事情似乎总是应接不暇，但仔细盘点却又不知自己在忙些什么，而今已近知天命之年，待在城市的日子已几近故乡两倍，然而内心深处对于喧闹的都市仍旧是一种隔膜的感受；静下心来，脑海鲜活的依然是故乡生活。似乎这二十多年只是在做'稻粱谋'，那距离自己越来远的故乡才是心灵的家园。"李延青是在鲤鱼川长大的，他面对一次次的日出日落，多少年后，心情依然还是那么激动。

美丽的鲤鱼川，像一条打挺的鲤鱼，跳出了奔腾的河水，甩在荒凉的山间。人们在这充满神话色彩的地方过日子，哭着，笑着，等着，盼着，孩子们一天天长大，老去的人葬在山冈上。李延青写了生，写了死，生生死死构成了鲤鱼川的历史。作家不想编织一个个离合悲欢的故事，而是蘸足了心汁的墨水，原生地记下生存的状态。一股空旷的心灵荒凉，飘荡在鲤鱼川的沟沟坎坎。一个姓王的贫农，在木犁上上吊身亡，却有几个人被莫名其妙抓走，坐进大牢。爷爷像得了场感冒，"像轻吐一口气吹熄桌上的油灯"。死如此的简单，不费吹灰的力气，没什么庄严的仪式。艮臭爷活得太长了，这里的一草一木、一家一事、一悲一欢，在他的心里盘根错节，他经受的事情太多了。墙上那颗生锈的铁钉，不知是哪年月、哪个人砸上去的。时间的锈痕，一层层地蚕食，让它有了孤独和寂寞的等待，它和艮臭爷有说不清的秘密，人们是无法诠释的。漫山遍野的山上，有数不清的枝枝杈杈，经受着狂风和暴雪，哪一根都能承受衰老的生命，艮臭爷竟然把死亡选在这小小的钉子上。锤子哪儿去了？钉子的主人是否还活着？钉子躲在时间的深处，感到死亡来临时的战栗，谁也不会注意到，只有在它与艮臭爷的死拴在一起的时候，我们面对钉子，才进入了另一种存在之中。钉在墙上的钉子不是艺术品，它是一条生命。

李延青对草芥般的生命，不仅仅是同情，更多的是关爱。人像山野里的野草，顺其自然，一年年过去了，一茬茬地老了，没有与生命抗争的一点激情。李延青的文字都不长，少了大段的描写，他的文字像是冬天刮的小刀子风，一下下刻在纸上。李延青并不是有意地渲染乡间的生生死死，它是作家亲眼所见的人与事，写得真切，没半点矫情。在夜晚，躲在安静的地方，读朴素的文字，肌肤掠过一阵阴冷的感觉。

封闭的山村，政治的强风压倒了山野的粗硬的冷风。人的灵魂僵硬、麻木，丧失了激情和反抗，一个人被戴上反革命的帽子，丧失了做人的尊严。几年后，腰也弯了，头发也白了，他却平反了。从狱中走出来，前面的生活一片空白，岁月耗尽了精气神，他躲在泥土屋中，在一天天度日子。李延青的人物，都是三言两语的素描，他用情感的粗重的炭笔勾勒出的形象，没有赘言和注水的浮肿。他和萧红笔下的麻木的乡民是不一样的，这不仅是时代、背景、生的状态不同。生活的贫困，让脆弱的神经稍不注意就被碰到，发生一场地动山摇的悲剧。

作家不该复制有头有尾的故事，像新闻报道那样，记下时间、地点、人物。文字是活的，经过作家体温的抚摩，召唤出深处的记忆。作家不能凭借生活的表面写作，而是要心灵的潮水慢慢地涨满，让它倾泻出来，淹没一切，重新恢复、创造家园。

真情是回忆的第一声铙钹，李延青的眼睛，像一只搂草的耙子，把生活中经历的碎事，一点点地搂到记忆中，贮藏在时间的草垛上。随着流失而去的日子，离故乡越来越远了，那股草的清香，像醇酿的酒，味道慢慢地足了起来。

日子就像搓麻绳，无数根生活的麻丝，搓成长长的岁月。

夏多布里昂写道："有两样东西随着一个男人年龄增长在他胸中滋长：对乡土的爱和对宗教的爱。如果在青年时期没有完全把它们忘怀，它们或迟或早会以它们全部的魅力展现在我们面前，它们的美理所当然地在我们内心深处激起依恋之情。"鲤鱼川对于李延青是非常重要的，这不但是他的出生地，它也构成了他的人生经验。两种情感，如同两条湍急的河水，流入了李延青精神的库坝中。远离家乡，居住在冷漠的城市，他成了无根的漂泊者。装在心中的鲤鱼川，是不尽的思乡病，日夜纠缠着他。李延青站在闹市中心，努力地向家乡的方向眺望，在吹来的风中，捕捉鲤鱼川的山野气息。

写作是用文字书写自己的声音和对世界的看法。当白纸上留下一个个真实的、激情的文字，它是留给未来的，而不是过眼云烟，过去了，就永远地消失了。

《鲤鱼川随记》是李延青整理的一部故乡的词典，他用文字，为每一棵树、每一株草、每一朵花、每一条水、每一个人，做一例词条。

2009年9月3日于一苇庐

李延青和他的鲤鱼川

清 尘

李延青历时两年创作的长篇随笔《鲤鱼川随记》已由人民文学出版社出版发行。此前，作品的部分章节以小辑形式曾在《十月》《长城》《青年文学》《文学界》等杂志刊发，并入选年度散文选本，《燕赵晚报》亦曾连载。该书出版后获得了广泛好评，中国作协创研部、中共河北省委宣传部、人民文学出版社、省作协2009年9月在北京联合召开了作品研讨会。中国作家协会主席铁凝读过该书后说："这部随笔中的文章虽短，但有生活的滋味，有浓郁的生活气息在里面。作品主要以一个乡村少年的视角进行叙述，这视角很特殊，表达了今天的少年很难体验到的一些东西，有那个时代的少年体验到的一些生命和生活的意义。同时这些感受又是经过筛选提炼的，能够深深打动人心，所以很喜欢。"这里刊出的是几位专家对这部随笔的评价。

在文化愈来愈多姿多彩的当下，能够从纷繁甚至是有些芜杂的文化话语环境中，获得一份清凉、闲适的心情，该是一件惬意的事。河北省社科院语言文学所所长、研究员方伟认为，《鲤鱼川随记》让人们有了这样的机会。他说，李延青或许在个人记忆的"碎片"中沉溺得太久了，以至读者在主体的认知中，不能在其中分辨出作者任何的斧凿痕迹，就像是一幅绵延不绝、清淡幽微的乡村画卷。这是在文化的、人本的、生态的社会发展元素，不可抗拒地日益凸显的时候，人们所应该有的精神渴求和价值操守。所以，《鲤鱼川随记》貌似作者个人的"心灵碎片"，实际上却是在一个十分开放的话语情境中，来不露声色地经营着人们共同企盼的精神家园。在历史的点滴搜寻中透现人生的况味，在人文的悠然渗透中辨识事物的机理，在生态的甘之如饴中描摹自然的原真，这是《鲤鱼川随记》带给人们精神与心灵熨帖的深刻、卓然的感悟。

《鲤鱼川随记》作为作者人生回味的"心灵碎片"，它行文的精短、净爽不禁让读者暗自称奇。其如《年味儿》，一百来字就将自然的"气味儿"、心理的"气味儿"和人文的"气味儿"混杂起来，那般沁人心脾而难以忘怀；再如《正骨》，在不足两百字的空间里，便把埋匿在乡情、亲情中对金钱物质的诉求、无奈乃至敬畏，给深刻地揭示出来……

何为"风景"？百态千姿，五光十色之谓也。而单一的物象，恐怕是构不成"风景"的。作者在《自序》中说自己所写的都是一些"鸡毛蒜皮的零碎片段"。评论家封秋昌认为，虽然就一个个单篇来看，的确如此，但当你读完全书，就会感到正是这些"零碎的片段"，构成了"鲤鱼川"既独特又具有20世纪六七十年代时代特征的——"风景"。你可以看到这里的山，这里的水，这里的花草树木，这里大大小小的野生动物、家畜和鸟类，这里四季的变化以及深山区的风雪雷雨；你可以看到充满童趣的"撞拐""挤油儿"

等因贫穷而产生的游戏或者说体育运动；可以看到这里的人们春种秋收辛勤劳作的场景和情态；尤其可以看到生活在那个处于贫穷、封闭、极左时期的鲤鱼川形形色色的人和他们不同的生存状况、命运，还有那极具地域色彩的婚丧嫁娶的风俗礼仪，等等。这"风景"，不是单纯的自然景观，而是融自然、人文、政治、民俗、人情、人性为一体的多重因素交织而成的"风景"。

于简约中见丰富，见功力，是《鲤鱼川随记》突出的特点。封秋昌认为，这部随笔集的篇幅之精短，文字之简约，几乎类似"语录体"了。然而，它是"简约"而不是"简单"。就单篇而言，它确乎是"零碎"的，但就整体而言，却容纳了我们上面提到的丰富内容。于简约中见丰富，这是相当不容易做到的，但《鲤鱼川随记》做到了。他何以能够做到这一点呢？一是有深厚的文字功底，不仅能够做到笔随意转，且能一语中的；二是能抓住人、事、物最主要的特征而舍弃次要的东西，并且不加一丝一毫的主观议论，既节省了笔墨，又耐人咀嚼；三是高度浓缩，剔除一切可有可无的过程和前因后果的冗长交代，而把最能体现事物主要特征的细节、场景、某一瞬间、最能体现人物性格和复杂心绪的一句话、一个动作或一个眼神提炼出来。《叹息》就给他留下了难忘的印象。它所选取和具体描写的，就是一位离婚不离家如今已经年老的女人在看到前夫突然归来时的特殊瞬间。可以想见，此时此刻彼此间是有着复杂难言的心理活动的，此文重点所写的老媪，也仅仅写她先是沉默不语，既不看对方，也不放下手中的针线，而后才发出一声"叹息"，接着说了声"进屋吧"。而这一声"叹息"，就把老媪那在内心积存已久、难以言说的委屈、困苦、怨怼、宽恕等复杂的心理活动都包含在其中了。这是多么简约的笔力啊！

作为同龄人，李延青的随笔把评论家郭宝亮带进了一个既熟悉又陌生、既切近又遥远的时空里。他说："这部作品唤醒了我的记忆，撩起了我对故乡的情思，满纸的泥土芳香与诗情画意使我几乎不能释卷。作者以极朴实极简约的笔墨勾勒出的故乡风俗世相、历史掌故、自然风情，或长或短、或浓或淡、或疏或密都在一种'追记'中缓缓道来，看似不经意中有'大用心'，这是一种漫不经心的裸露，是匍匐在泥土中的原味之诗。"

郭宝亮所说的原味之诗，是说作者没有把故乡的生活刻意诗意化，一切似乎都是漫不经心的，随意的，信手拈来的。比如写"春天"："太阳如怀春的少女，迷离的眼中透着温柔；解冻的土地似婴儿的尿布，呈现出一片片洇湿；河畔的柳树挑起一团似有若无的鹅黄；向阳的地埂前青草与麦苗率先返青；日渐温暖的风里混杂着土腥、冬天腐烂的树叶和嫩嫩的青涩味。"比如写狗叫："狗在深夜里狂吠，叫人心生疑惑——似乎什么不测正在发生。"比如写雨后捉"水牛"、写"旋风"、写"癔症"、写"烤百病"、写"纳鞋底"、写婚俗丧俗等等，都无不在纯粹经验的层面上如实记载，几乎看不到加工修饰，但愈是如此，它所唤醒的读者的经验就愈强烈和持久。于是诗意就在这种不经意间产生了。

李延青的这些随笔，貌似没有什么明确的主题指向，他的创作完全源于一种生命需要，而不是微言大义。这种写作是轻松愉快的。他把都市生活的厌倦与疲惫都化入对故乡鲤鱼川的童稚纯真的回忆之中，进而完成了一次精神的洗礼，落叶归根，心灵的根系的找寻都包含在这疏淡的、不经意的叙说中了。郭宝亮在思考：我们为什么愿意读这样的文字？难道不是我们在其中找到了停泊心灵的港湾吗？由此说来，作者的这些随笔绝不是应景的无病呻吟，也不是痛苦不堪、故作高深的"宏大叙事",而是一种自我满足也满足了别人的幸福的寄托。

评论家王力平认为,现在很多作品中,作者要说的话不仅太多,而且是迫不及待地要说;在这本书里面,作者好像没有太多的话要说,特别是他不急于说,回忆并述说当年的所见、所闻、所思、所感,很从容,因而很细腻,又因而很深情。延青是奔五十的人了,现在追忆当年,和当初的童年经验当然不是一回事,其中有情感选择,有更多的包容和更深的理解,这都是不言而喻的,宝贵的是那份对真实经验的自信,那份从容的心态和笔致。

在王力平看来,这本书的另一个特点是它的意义呈现方式。意义通常从结构关系中表现出来。《鲤鱼川随记》这本书,简单地说,可以说是没有什么结构可言;复杂一点儿说,这本书是以文本作为一个结构因子,与写作和阅读这本书的社会背景和文化氛围构成完整的结构关系。因此,单纯地去读书中对一只昆虫、一棵花草、一种风俗和一段童年旧事的描写,似乎读不出什么重大意义,但如果把这一切和我们身边喧嚣的市声、浮躁的心态、商品经济活动中的人情冷漠以及后现代文明环境下的物质挤压联系起来,就不难感受到文学对于人的情感和心灵的抚慰和救赎。我总觉得,对一棵花草、一只昆虫的细致观察和描写,就像是一个情感和心灵的减速器和消音器。不放慢速度,不降低噪音,这个世界上的许多东西都会和我们擦肩而过,我们看不到,听不到,感觉不到。在今天,能让情感和心灵的速度慢下来,是一件很有意义的事情。

透过一本书,如果能够看到作者内心深处善良的"根基",那么,这样的文和人都是可信赖的;没有,则不免等而下之。王力平就在《鲤鱼川随记》中看到了一种对人的善良,对事的包容,对天地万物的敬畏。这是一种做人为文的根基和境界。有了这种根基和境界，就不会热衷于形式上的巧思妙构，更不会被流行观念牵走。

有一些书读过就忘了，还有一些书读一读就读不下去了，而李延青的《鲤鱼川随记》让人感觉首先是一本好读的书，引人入胜；又是一本耐读的书，让人回味，会再想去重读细读。《民族文学》主编叶梅认为，《鲤鱼川随记》是一本可以流传的书。它可以勾起中年以上的人们对20世纪六七十年代乡村生活的记忆，同时也可以使年轻的读者了解几十年前的中国乡村，了解当时的社会生活、农村经济、民俗风情、人性善恶及人与人的关系等。其中有些篇章可以成为很好的乡村文化教材。

在令人愉悦和感动的阅读之中，李延青将他对生命、人世和社会的态度传递给了读者。叶梅认为，在他平和从容的笔下，深藏着温厚的悲悯情怀，不仅有对善良、春天、花事等美好的嘉勉，还包含着对所谓恶及人性多样性的平心解读。俗世中曾发生的惨烈、残酷、卑劣，在鲤鱼川的记忆中不时浮现，李延青没有慷慨激昂、痛心疾首地指画，而持一种具有宗教意味的审视，怀有更多超越具象的普世意义和人生关顾。穿越在《鲤鱼川随记》众多的描写对象中，李延青给予的不是一个个狭隘、单纯、片面的评价，而是尽量将其原汁原味地展示，让读者自去思索人与人之间、人与物之间、人的内心复杂多样的生命状态，从而产生更多宽容和相互的怜惜。《鲤鱼川随记》体现了作家在后工业化时代对农业文明的一种眷顾，而这种眷顾并非简单建立在对工业文明的否定之上，而是将农业文明所包含的某些温馨——后工业化时代弥足珍贵的一些层面活生生地挖掘了出来，会心的读者自去选择。

梭罗说："我生活在瓦尔登湖，再没有比这里更接近上帝和天堂，我是他的石岸，是他掠过湖心的一阵清风……而他最深隐的泉眼高悬在我的哲思之上。"或许，鲤鱼川就是李延青的瓦尔登湖，那个朴素但有生命有灵性，带给人说不出的欢畅、温暖和会心的地方，他提醒我们，生活曾经有过的品相，生活其实还可以有的种种诗意的添补。这不仅将鲤鱼川作为一种时代记忆长久地保留在文学的画廊里，并无疑会给现代社会的人们带去莫大的慰藉。

（选自《河北日报》2010年3月12日）

旧时光中的新意蕴

金赫楠

　　《旧事二题》写的是发生在20世纪三四十年代的两段前尘往事，抗战背景下两个女人的命运遭际与挣扎抗拒。抗战是小说叙事推衍的背景，作者选取了战争以及战争中的女人和两性关系，作为叙事的基本元素和关注焦点，由此呈现自己对战争中女性命运的追溯与反思。

　　季节到了，豌豆已涨满浆，而那个名叫豌豆的姑娘，也已经长大成人，她喜欢白净的男人，她想用外头的稀罕物洋胰子洗脸，她从身体和心底萌动着的生命需求、她对有滋有味生活的向往，已经迫不及待地要破茧而出。在《旧事二题》的名义下，银子与豌豆这两个人物形象其实在修辞手法上是彼此互文的。母亲嘴里念念不忘的"六十多亩水地""大骡子水车""有吃有花"的殷实日子，并非银子生活中最看重的，她似乎更在乎"可以说悄悄话""图个红火热闹，有个抓挠头"。

　　《旧事二题》写下的是旧时光，生发出的却是新意蕴。豌豆与银子，都是那种在乡土视角中不那么安分的女人，她们于婚姻情感上所追求的已不仅仅是前辈女人们"穿衣吃饭"的嫁汉经。她们不甘心被动地听凭他人的安排与命运的摆布，想要张扬自己的内心，自己主导自己的情感与生活——这本具有当然的合理性与必要性，显示着一代女性不自觉的内心觉醒和主体确立，然而，在那个兵荒马乱的时代，却显得那么不合时宜。它虽笔涉抗战，但小说叙事的着力点并非"战争与政治"的视角，作者在情节设置上以豌豆和银子的被杀结尾，不是为了彰显"私通敌伪、死有余辜"的政治道德审判，而是携带着一种哀其不幸、怒其不争的悲悯，力求凸显一个特殊历史阶段中个体的悲剧。

救亡图存是20世纪三四十年代中国人所面对的最大命题，每一个个体都无可逃脱地身临其境、无可避免地要同它发生联系，直接或间接地。现代民族国家理念与女性利益需求之间蕴含着多重复杂的关系：一方面，抗战使很多女性有机会走出家庭，介入家国政治，登上历史舞台，在救亡图存的过程当中寻找和实现自身解放、价值归属。但同时，在民族生死存亡的紧迫危急之下，那种压倒一切、统摄一切的民族主义立场又遮蔽、压抑了女性主体的位置与声音。豌豆和银子，在战争强大逻辑的夹缝中，怀揣着各自的小心思、小盘算，她们对于生活的种种期冀与设想，她们的青春与生命，还没来得及舒展，就草草结束。经由这二题旧事，也引发我们更深入地去思考：文学要如何面对历史？小说和小说家应以怎样的姿态去接近和再现历史中具体的人？

早些年读过作者李延青的一本随笔集《鲤鱼川随记》，见识过他的文字功夫。无论随记，还是小说，乡村故土都成为李延青的题材来源和情感滋养，他写下的实在都是田间地头的人情世故，一餐饭、一个绰号的民俗风物，却也实在是典型的文人笔法，细腻、传神、意蕴丰富而含蓄。《旧事二题》中承载如此沉重命题的文字，却是极简的。比如，写豌豆婚后的纠结心境：

> 那件事发生后，豌豆的心一度就像冻僵了、麻木了，觉得自己这辈子算是完了。一个人时，她掏出那块洋胰子怔怔看半天，看着看着就像生厌了，突然把它扔出去。半天，再去讪讪捡回来。夜间睡下，心上像有小虫在爬，又像有一蓬丝在心头拂来抚去，搅得她一阵阵焦躁。终于熬到集日，远远望见那骑车的身影，豌豆只觉一股麻酥酥的感觉传遍全身，眼里的泪水便哗哗淌下来。麻木的心就在此时复活了、舒展了。

不是简单和简陋，而是一种繁华落尽见真淳的简练与简洁，淡淡地，行文之间不曾着力渲染什么，通篇白描手法，但是落在细处和细节的文字很见功夫，韵味悠长。行文中少见情感色彩浓烈的形容词，作者也很少直接议论抒情，这种看似朴淡的白描中，却自然而然地实现了一种叙事上的轻灵和节制，笔墨节制，情感节制，而这种节制恰使小说通篇处于一种爆发之前的充盈状态。

真诚与包容

李　浩

十几年前。我第一次见到刘建东，在《长城》杂志社，随后，刘建东向旁边一个高瘦的中年人介绍了我。那个中年人很是亲切，完全没有陌生感，他和我谈小说，谈我的写作，谈我给《长城》的那篇小说，很让我有些诚服。随后，他和建东说，李浩来了，我们一起吃个饭，我做东——待他走后，我向建东询问，这人是谁？建东很是惊讶：我刚才不是介绍了吗，李延青，我们主编啊。后来我想，也许建东真的介绍了，可我出于紧张竟然没有听见。要知道，那时，我刚写小说不久，还怀着深深的忐忑与自我怀疑。我得承认那次石家庄之行给了我诸多的受益，而李延青，作为编辑的李延青，也给我一个谦和、真诚、热心的印象。他很有亲和力，很善于把陌生变得熟络，而且，他对文学的鉴赏力也让人敬服。

我的写作当然不属于河北小说常有的路数，常有旁逸斜出，常有怪力乱神，常有些在别人看来莫名其妙的想法和做法，而主编李延青，竟然容纳下了我，有些退稿我也认为有必须的理由。某年，我写了一个中篇《恐怖的甲虫》，转了几家刊物都纷纷被退回，理由也惊人一致：太过荒诞，建议以后不要这样写。我想别人大概无法理解我所承受的打击，它不仅是一篇小说，于我更重要的是一种方向。所以纷纷的退稿甚至在动摇我，是不是还这样写？要不要，退回到一个相对保险的路数中去？是不是，我一直坚信的方向有错？整整一年多的时间。我把《长城》当成是最后的稻草——之所以如此说，是我一向以为，在河北，现实主义是一个坚固而强硬的传统，因而在投稿的最初便将《长城》排除在了外面。最后，我给李延青写了一封极具谄媚的信，求他好好看看我的这篇小说，希望能发表，同时向他承诺：如果给我发了这篇小说，我今后将会把我最好的最满意的小说给《长城》，一定……小说发了。李延青还给我打了个电话，说了他喜欢的地方、不满的地方，甚至给了我诸多鼓励——他也许早已忘记了这一事件，忘记了我信中的谄媚——然而于我，它却是一个标志。没有他的鼓励，我的写作也许会是另外一种，也许会是……（我也算是完成了自己的承诺。至今，我还以为，我的《如归旅店的叙事》在我的小说谱系里是一篇还算可以交代过去的文字，它发在了李延青主持的《长城》上。）

后来我成了《长城》的编辑。后来我参加许多不同的文学会议，遇到不少的作家，年轻的，中年的，功成名就的……我说我在《长城》，向他们约稿，他们竟然纷纷提起一个人，李延青，他还是主编吗？他编过我的小说，他是一个很不错的人……我没想到，李延青在作家中有如此好的口碑，在众多作家和批评家的眼中，李延青有一个好人缘，真诚热心，而且有眼光、有视野，能容纳多种的不同。说到有视野，我想起他编过的两套书：《文学立场——当代作家海外、港台演讲录》《当代学者海外讲稿》（三种）。不用过多阐释，单是书名就能说明问题。也正因由他的这种视野和努力，《长城》才有了面向全国甚至世界的可能，有了更大的容纳。李秀龙主持《长城》之后，延续的也是这样的观念。

李延青也是一位很不错的作家，他熟悉创作，并且懂得。首先要说他的《鲤鱼川随记》，它是一本向传统笔记体小说致敬的书，它用片断的方式书写了一段淡出的、淡然的却有着丰厚意韵的乡村记忆，记述平凡事相中的淳厚意蕴，在慢慢成为"历史"的点滴中搜寻透视人生况味，高度浓缩又极为练达。这部随笔是有气息的，有滋味的，有灵性的，同时也是有思考的，然而却故意用其"小"，故意剥掉书写的"机心"，和我们当下的写作一下拉开了距离。他还用这种有特点的"小"写了《旧事二题》，依然只选取一个侧面、片断，然而其意味却真的深长，它书写的是抗战背景下两个女人的命运遭际和挣扎抗拒。如此短小，如此侧面，而李延青却写出了战争和战争中的女人，两性关系和道德制衡，以及由此的深度反思。我觉得，他可以延续这样的方式，并将这种"短"和"小"强化成完全的个人标识。他深得传统笔记小说之精、之神、之韵，却有着相当现代的思考注入。

现在，李延青还是省作协副主席，负责……打住，关于他是如何"行政"如何"当官"的，我不会让它在这篇文字中出现，免得，像是另一层的谄媚。他是我的领导，已经六年。我觉得，有了上面的介绍也已足够，反正他向来如此，一贯如此。

（选自《燕赵都市报》副刊2012年12月21日）

后　记

　　这本短篇集从题材上大致可分三类。一是抗战题材，故事多来自我的姥爷白德修。他年轻时参加革命，曾三次被抓到鬼子炮楼上。有一次是冬天，关在水牢，靠吃伙夫丢进去的白菜疙瘩、烂菜帮才活下来，十个脚趾甲都给冻掉了，小腿也被冻崩。第三次就被运到日本的北海道去做劳工，直到两年后抗战胜利，才九死一生回到家。我小时候常住在姥爷家，那里是华北平原的边缘，根植在我内心的平原文化即来源于此，培养了我对日常生活的审美情趣；还有姥爷的乐观主义精神，也深深影响了我的人生态度。当然，这些故事、人物在一定程度上也揉进了我夫人家史的内容。他们家地处华北平原，她的曾祖、祖父极富传奇色彩。在小说中，我把这些故事和人物都归置到"鲤鱼川"。在这里特意说明，是为了表达内心对他们的纪念，也是为了给我母亲一个交代。母亲一直希望我能将姥爷的一生整理成文字，留给后人，而我迟迟没有动手，对此她很有意见，曾给《老人世界》编辑部和一些报社打电话，要求人家去采访她。我没有做，并不是这件事不该做，而是我觉得姥爷的经历更适合写成平民抗战小说，原来计划写一个系列，但写着写着总被这样那样的事情打断。目前只完成辑录在本书里的这几篇。姥爷更多的地下活动，在日本的劳工生活，抗战胜利后劳工在日本的日子、曲折艰难的归国回乡之路都还没写。二是写母亲和我少年时期的生活，这在《鲤鱼川随记》中曾有涉猎，不再赘言。三是改革开放后的农民和农村生活，关注的是现代化背景下农民的内心感受和变化，就是现代化对农民精神和心灵的影响。

人，说到底只是一个几十年的过程。在繁衍前行的长河中，经验的不可复制，使得个体生命总是从无知起步。写小说，就像中医诊脉，通过故事的"脉象"让人们警惕已知或未知的"健康状态"——这状态是社会的，更是心灵和精神的。所以，我觉得文学是一项关于人类社会和人类精神健康的事业，是对社会和物质追求对人的异化的抵抗。

小说之后"附录"了当年专家学者和一些师友为《鲤鱼川随记》撰写的评论文章。其中，中国作协创研部、中共河北省委宣传部、人民文学出版社和河北省作家协会联合在北京召开研讨会的"发言摘要"，当初是中国作协创研部根据速记整理的，没有经过与会专家过目整理，保留了"原汁原味"。因为在"地理"上它们都和"鲤鱼川"相关，而且这些发言和评论，对我后来的创作极有启发和帮助，收集在书中一是为了保存，更是为了表达尊敬和谢意！金赫楠对《旧事二题》的短评和李浩写我的"印象记"，因为关系到本书中的作品，也一并附录于此。王春林先生百忙中为这本集子撰写评论，花山文艺出版社对该书出版大力支持，在此真诚致谢。

2017年2月9日